多年爱书已成精

马 凌

上海文艺出版社

目 录

书虫指南：三只名牌蜜蜂 I

上辑

声名狼藉的牛津大学圣·奥斯卡 17

毛姆：不死的文学巨鳄 31

神圣的和渎神的伊夫林·沃 40

除了红楼，还有毛姆 71

纳博科夫的"残酷"与"美感喜乐" 80

女作家的狗缪斯 94

自由女神也醉了 III

三岛由纪夫的圣塞巴斯蒂安 123

卡坡蒂先生，圣诞快乐！ 130

用威尼斯的水蘸一下笔尖 137

书信中的马赛尔·普鲁斯特 145

下辑

文森特·梵高之死，这很重要吗？ 173

谁的高更？谁的塔希提？ 181

另一个米开朗琪罗 191

冰人夏洛特在无所之地的中央
打开一只康奈尔盒子 213

剑桥往事：天真、八卦与毒舌 228

疯狂与神性 233

女神的朋友圈：成就她的有朋友，
还有那个物欲横流的世界 243

代后记：多年爱书已成精 257

书虫指南：三只名牌蜜蜂

书虫分四种。最多的是甲虫，飞到哪里算哪里，东啃一点西啃一点，不讲究，万花丛中过，片叶不沾身。更专业的是蜜蜂，往往只认一片领域，槐花啊椴花啊，所得端赖勤劳辛苦，还有蜂群的组织分工，它们有刺，蜇人是痛的。最有境界的是蝴蝶，本是花丛中来，一度作茧自缚，终能变成另外一种样子，轻盈飞过了沧海。令人唏嘘的大约是蚯蚓了，打了许多洞，发现各种联系，走不出，或者压根儿就不想走出，在盲目中痴迷，而且缄默无语。

言及"书虫"，读书人联想到的恐怕是《尔雅》里的"蟫鱼"，是陆游的"吾生如蠹鱼"，由"书蠹"而化"脉望"，是旧时读书人的自况和期许。而当代世界，"读书"与"读者"都变得复杂起来，此处的"四种书虫"，乃是指"四种读者"——作为甲虫的一般读者，作为蜜蜂的专业读者，作为蝴蝶的创作型读者，以及作为蚯蚓的痴迷型读者。同为书迷，四种读者在态度、方法、收获上大异其趣，但在一桩事情上相当一致：那些关于读书的书，总是区分书虫与非书虫的"诱捕剂"，也总是专业读者给一般读者的"指南针"。长夏无事，在文学花海里拈出三只名牌蜜蜂，来一窥究竟吧。

（一）一只飞了很远的工蜂

世界上有两种悲剧：一种是匮乏的悲剧，另一种是丰裕的悲剧。每一个教授"世界文学"课程的大学老师，必定对后一种体会尤深。从现存最早的史诗——两河流域的《吉尔伽美什》开始，人类写就的文本浩浩汤汤，虽历经虫蠹之灾、水火之厄、政治整顿、宗教清除……留存下来的经典之作也足以填塞图书馆的一半空间。

18世纪，歌德意识到文学正在前所未有地扩展，更多人可以读到来自更多时代和更多地方的更多文学作品，原本局限于特定地方和特定传统的文学，正在变成一个融合的整体，于是他庄重宣布："世界文学（world literature）的时代即将到来，每个人都必须为推进它做出贡献"。

19世纪，另外两个德国人也认识到，受工业化和全球贸易的驱动，"由许多种民族的和地方的文学形成了一种世界的文学"，他们自己写作的《共产党宣言》"用英文、法文、德文、意大利文、佛拉芒文和丹麦文公布于世"，未来的国际不仅共享物质财富，也共享精神财富。20世纪，"世界语"虽然没有通行，但"文字共同体"不再局限于民族语言，经由翻译、出版、特别是互联网这样的新媒介，每个人都可以漫游在这个文字写就的世界。当代的问题不在于经典不够多，而在于人的注意力有限。所以重新筛选、确立经典的过程，总是伴随着意识形态与文学传统、保守与激进、替换与增补的各种权衡。

哈佛大学英语与比较文学教授马丁·普克纳（Martin Puchner）开设了哈佛慕课"世界文学经典"，他主编过厚重逾6 000页的《诺顿世界文学选集》（第三版和第四版），要从中挑拣出16次课、32学时的材料，就像硬要从一大片花田里挑选出16朵花，那种挣扎、不舍和不安，难以尽述。凭借高明的技巧，普克纳出版了用作通识课教材的《文字的力量》，以"讲故事"和"文字技术"一明一暗两条线索，高度概括了世界文学的历史："这一文学的民主化过程得益于从字母和莎草纸到纸和印刷术等技术手段的帮助,这些技术降低了文字世界的门槛,让它向更多的人开放,而这些人接着又发明了新的形式,即小说、报纸和宣言,同时也确立了古老经典文本的重要地位。"文学的历史必然包含文字的历史、媒介的历史、作者的历史、读者的历史,特别是思想观念的历史。普克纳展现的是文字共和国日益自由民主的过程。所以,一本21世纪的"世界文学导读",始于航天飞船上的宇航员朗读《创世纪》,终于《哈利·波特》的中世纪传奇大杂烩,不会令人惊讶。

普克纳的宏大文学史观很是时髦,暗自融合了书籍史、阅读史、媒介史、思想史,也符合从"作者中心"向"接受者中心"的阐释学转向。他的本行是戏剧研究,懂得如何在大视野中营造戏剧性,读这部《文字的力量》,犹如一部大型交响乐在伴奏,使人激动如大海。更重要的是,普克纳的编写方法非常之"政治正确"。一方面,平民百姓地位凸显,"文字故事中最重要的主角并不一定是专业作者们。实际上,我邂逅了一群出乎意料的人物,从美索不达米亚的记账员和不识字的西班牙士兵,到中世纪巴格达的一名律师、南墨西哥的一个玛雅叛乱者,以及墨西哥湾的海盗们。"另一方面，他小心维持着地域、阶级、性别和种族的平衡，在书中，东西方最早的史诗都在——《吉尔伽美什》和《伊利亚特》；东西方最早的小说也在——《源氏物语》和《堂吉诃德》；"教师"们包括佛陀、苏格拉底、孔子和耶稣；在阿拉伯的《一千零一夜》旁边，有玛雅的《波波尔·乌》和非洲的《桑介塔史诗》；既有《共产党宣言》传播史，也有阿赫玛托娃和索尔仁尼琴遭禁史；为了让"后殖民文学"不缺席，加勒比海诗人德里克·沃尔科特都有专章……平衡、妥帖、全面。尽管印度教师不能设想没有《罗摩衍那》、中国教师会对没有《红楼梦》耿耿于怀，可是说到全面而简洁，似乎不能要求更多。如果普克纳是一只蜜蜂，他是那种超级工蜂，其勤劳、眼界和技巧，学院派蜜蜂们都是首肯的。唯一的问题在于，西方教师们一定会质疑：莎士比亚安在？

（二）一只负责的侦察蜂

普克纳的《文字的力量》首版在2019年，同年10月，哈罗德·布鲁姆（Harold Bloom）去世。布鲁姆应该没有看过此书，不然定会攥紧拳头做狮子吼：怎么可以少了莎士比亚！只因在布鲁姆这里，莎士比亚就是"经典"的代名词。深深不屑于当代的批评模式和教育风气，他自嘲说："我是一只恐龙，欢乐地自称：'布鲁姆·崇拜莎士比亚·雷龙'"。"莎士比亚可以代表最高文学造诣的最良善效用：倘若真正地理解了，它能够治愈每个社会所固有的一些暴力。"布鲁姆俨然一位"莎翁原教旨主义者"，没有一部莎士比亚解决不了的问题，如果有，就再来一部。

在1994年出版的《西方正典》中，布鲁姆将莎士比亚置于经典的"正中心"，在他看来，莎翁将"影响"的阴影投向殿堂的四面八方，而在对此"影响"的"焦虑"中，一些作家在抵抗和变异中确立了个人风格，从而在殿堂里获得一席之地。这批经典作家，包括歌德、华兹华斯、奥斯汀、惠特曼、狄金森、狄更斯、艾略特、托尔斯泰、易卜生、弗洛伊德、普鲁斯特、乔伊斯、伍尔夫、卡夫卡、博尔赫斯、聂鲁达、佩索阿、贝克特……。按照另一位文学批评家詹姆斯·伍德（James Wood）对《西方正典》的解读，"莎士比亚永远大于我们，永远藏在我们背后，永远是在我们头顶。莎士比亚是生活'强大的先驱'，他的作品在我们还没开始对其做任何评价之前就已经改变了我们。"布鲁姆认为是莎士比亚"发明"了现代的读者，乃至作者，因为莎士比亚的影响早已成为传统，无远弗届、无处不在。例如，弗洛伊德大量阅读、引用、"误引"了莎士比亚，莎士比亚成为弗洛伊德隐秘的、精神上的"父亲"，正是在此意义上，布鲁姆抛出掷地有声的名言："你可以用莎士比亚去解读弗洛伊德，但不能用弗洛伊德来解释莎士比亚。"

布鲁姆的确像雷龙一样庞大，一生写了五十多部著作，一千余篇导论，被誉为"西方传统中最有天赋、最有原创性和最有煽动性的一位文学批评家"。在耶鲁大学、纽约大学和哈佛大学任教的身份，使得他牢牢掌握话语权，从极端个人主义和精英主义的视角，勉力维护着文学经典的地位与声誉。如果说普克纳小心翼翼地平衡着"阶级、性别、族裔"这"左翼的神圣三位一体"，布鲁姆简直就是"精英保守白人男性"的代名词，对于"政治正确"不屑一顾，他感慨说，由于被女性主义者指责，劳伦斯被彻底驱逐出英语国家的高等教育，"学生从而不再阅读20世纪的一位大作家、一个独特的小说家、讲故事的人、诗人、批评家、先知。"愤懑之情溢于言表。

不得不说的是，布鲁姆曾经参加一个"帮派"，学院里称为"耶鲁学派"，更具街头风格的绰号则是"阐释学黑手党"或"耶鲁四人帮"。除了布鲁姆，另外三位是保罗·德·曼（Paul de Man）、乔弗里·哈特曼（Geoffrey Hartman）和希尔斯·米勒（Hills Miller）。20世纪70年代至80年代，他们均在耶鲁大学任教，同时又活跃于文学批评领域。"黑手党"，自然是颠覆性的、危险的、霸道专横的。他们不是不讲理，只不过讲得不是平常的理。在后现代主义半革命半游戏的氛围中，他们赢得了英文系青年教师和学生们的热情追随。他们的反对者认为，他们在经典文本里打家劫舍、杀人放火，干的是天理不容的黑道勾当。而"黑手党们"摆出无政府主义者的姿态，纵容自己的爱欲情仇，把文本剖析得血淋淋的却又讲究程式和技艺，各显其能分庭抗礼，享受着道中人的特殊光荣。这里面，作为"教父"的德曼留下座右铭："一切阅读都是误读"。既然如此，私人的趣味、个人的眼光就具有了合法性。是以，布鲁姆等人纵然是学院派，却也不再是利维斯那样的学院派。写有《伟大的传统》的利维斯，要求文学必须有道德价值，必须促进社会的健康，而在布鲁姆这里，只认可三大标准：审美光芒、认知力量、智慧，达到标准的，是为"经典的崇高"。

布鲁姆的著作国内已经翻译出版了16部，特别是译林出版社的"哈罗德·布鲁姆文学批评集"，皇皇巨著，略略让人敬而远之。对于普通读者而言，还是他古稀之年的性情小书《如何读，为什么读》较为"趁手"，不妨视作他个人的文学公开课。在这里，学院派布鲁姆做出了反学院派姿态，他对于高深的工具反感，对于"愤怒的"文化研究反感，对于刻板的意识形态化解读尤其反感。他说："专业读书的可悲之处在于，你难以再倡导你青少年时代所体验的那种阅读乐趣，那种哈兹里特式的滋味。我们现在如何读，部分地取决于我们能否远离大学，不管是内心方面的远离还是外部方面的远离，因为大学里阅读几乎不被当成一种乐趣来教——任何具有较深刻美学意义的乐趣。"威廉·哈兹里特是19世纪评论家，写有《莎士比亚戏剧中的人物》，反对权威、习俗和狭隘见解，有自由风骨和人文趣味。布鲁姆所倡导的"哈兹里特式的滋味"、老派的"阅读的乐趣"，也就是回到鉴赏式解读，融合分析与评估，一言而蔽之：虔诚地读、单纯地读、大声地读、反复地读。整部《如何读,为什么读》满腔热忱、如数家珍,只有看到阅读之中的这种痴迷,才会恍然大悟:布鲁姆是蜜蜂中的侦察蜂啊,虽然略有聒噪,但他长于发现、他指路、他手舞足蹈,他也有点甜。

(三)一只蜇人的大黄蜂

当前炙手可热的批评家非詹姆斯·伍德莫属。他比布鲁姆小三十五岁,从《卫报》首席文学评论员到哈佛大学文学批评实践教授,从第一部书《破格》(1999)到最近一部精选集《严肃注意》(2020),二十年间他活跃于《伦敦书评》《新共和》和《纽约客》这样的顶级期刊,受邀于牛津、剑桥和哈佛这样的顶级名校,用英国人的机灵、幽默、毒舌,把文学蜜蜂的事业提升到新的高度。伍德曾经同时使用两个笔名,James Wood 和 Douglas Graham,前者有学院派的智性、精致和犀利,后者则更加鲁莽、任性、刻薄。如果说早年文章更多学院派炫技,是"伍德教授风",随着年齿渐增,越发随心所欲,是"格拉汉姆媒体风"。

对于"哈佛前辈"布鲁姆，伍德评价说，这是一个"莎士比亚化的布鲁姆"，有缺陷，但这缺陷是创造性的缺陷，"是自成一格的口吃"。受势不可挡的天赋大能驱动，"有时候看上去好像他绑架了整个英语文学，再用一生时间释放人质，一个接一个，全凭自己喜好。"实际上，伍德的野心更大，他不仅绑架英语文学，他绑架西方文学，他不释放人质，他"肢解"了他们。在第一部批评集《破格》里，他纵论文学与信仰，从艺术角度抨击了品钦、德里罗、厄普代克、罗斯、莫里森、巴恩斯，对长者布鲁姆颇有微词，对敌手乔治·斯坦纳极尽挖苦之能事——"乔治·斯坦纳的文章非同小可，那是一座汗水的丰碑。读他文章的人会很熟悉其不精确和夸张；其成群结队的形容词；其以教堂般的宁静包围那些伟大作品。"第二部《不负责任的自我》里有更多"受害者"：弗兰岑、拉什迪、库切、托马斯·沃尔夫，以及被称为"歇斯底里现实主义"的魔幻现实主义作家们。这个名单不断延伸，当红作家很难逃脱，比如奈保尔、麦克尤恩和保罗·奥斯特……

伍德不讳言文学批评夹带个人"私货"的性质，时时将个人经历穿插其间，但是显然，他懂得一个重要道理：

"评论只有在自身也成为文学的一部分后,才能流传于世",他的确使评论成为了文学的一部分,无他,他熟悉所有的文体奥秘和叙述技巧,那些文学之为文学的东西。在小说批评领域,他认为福斯特《小说面面观》自有经典地位,"但是读来已欠精彩";昆德拉谈论小说艺术的三本书也很出色,只不过,"有时我们希望他的手指能再多染些文本的油墨"。他颇为欣赏的20世纪小说批评家是俄国形式主义者维克多·什克洛夫斯基和法国形式主义者罗兰·巴特,因为"他们像作家一样思考",关心风格、词语、形式、比喻和意象,只是遗憾啊,他们是写给其他专业人士看的,架势十足毫不指望普通读者看得懂。既然如此,好了,伍德只好挺身而出了,他"以评论家立场提问,从作家角度回答",写了一本给普通读者的指南书:《小说机杼》。

如果说普克纳的历史是恢弘的,布鲁姆的经典是中观的,伍德的批评则是具体而微的。如果说普克纳的关键词是"政治正确",布鲁姆的关键词是"影响的焦虑",伍德的关键词则是"自由"。他"发明"了术语"自由间接文体"(Free Indirect Style),这是一种徘徊于叙事主体和虚构人物之间的视角，在一些时候，作者的全知全能视角与人物的限制视角之间出现了"走神"，比如"泰德透过愚蠢的泪水看管弦乐队演奏"，"愚蠢"就是这个自由间接体，这个词来自泰德自己还是作者？抑或两者皆可？伍德说："多亏了自由间接体，我们可以通过人物的眼睛和语言来看世界，同时也用上了作者的眼睛和语言。我们同时占据着全知和偏见。作者和角色之间打开了一道间隙——而自由间接体本身就是一座桥，它在贯通间隔的同时，又引我们注意两者之间存在的距离。"在伍德看来，自由间接体和文学本身一样古老，在庸人中规中矩地写作之时，大师们已经用这样的魔法间接获得自由。与此类似，在莎士比亚、福楼拜等大师笔下，常现有趣而冗余的细节，它们旁逸斜出，意识与思想也跟着浪游，"不负责任的自我"所带来的意外和惊喜，是文学神髓所在。

学院派的蜜蜂嗡嗡飞着，貌似一团乱麻，实则各有分工，也各有特色。一只蚯蚓看得入神，看到了外部与中心平分秋色，看到了整体与细节各有千秋，很多种路线，很多种联系，一时兴起，打破缄默，电脑前敲下五千字，是为本文。

# 上辑

声名狼藉的牛津大学圣·奥斯卡

世上有两种作品:一种是艺术家用自己的一部分创作的,另一种则是艺术家用自己的全部创作的。前者是说:艺术来自于生活;后者是说:艺术就是生活。在文学史巍峨殿堂的入口处,每位作家都会呈上第一种作品,但是那少数交了两种作品的,一定让其他作家嫉恨不已。无它,文学只能阅读,但是作家可以谈论,有故事的作家,尤其是有精彩故事的作家,更受读者们的青睐。而从故事的角度衡量,圣徒总是不敌浪子,良家妇女可能要输给青楼荡妇,没法子,人类天性如此。聪明如奥斯卡·王尔德(Oscar Wilde,1854—1900),一定深知这一点,在去世前不久,他很想给自己取个能够留名青史的绰号,于是自封为"声名狼藉的牛津大学圣·奥斯卡,诗人暨殉道者。"——运用他驾轻就熟的"矛盾修辞",很吊诡,很像他的人生风格。

（一）传奇中的王尔德

细较起来，王尔德能够在文学史上占个二流位置，靠的是几部戏（《温德米尔夫人的扇子》《理想丈夫》《不可儿戏》《莎乐美》）、一部小说（《道林·格雷的画像》）、几篇童话（《快乐王子》《自私的巨人》《夜莺与玫瑰》），还有发自内心的书信（《自深深处》）。不过在他逝世一百余年后，他的俏皮话、他的服装、他的情史和轶事，显然流传的更加广远，"知道"王尔德的比"读过"王尔德的，多了太多。向好的方向理解，于"不朽"这桩事，"谈助"也能立大功。王尔德说过："一个人生活中的真实事情不是他所做的那些事，而是围绕着他形成的传奇。你永远不该摧毁传奇。只有通过它们，我们才可能对一个人的真实相貌略有了解。"

王尔德的传奇实在太多，他的朋友写过，他的二儿子也写过一本，就连他的庭审实录，都有中国作者挖出来辑成一本书。但是要说集大成者，还是美国人理查德·艾尔曼（Richard Elmann，1918—1987）的《奥斯卡·王尔德传》。艾尔曼是王尔德的校友（都柏林圣三一学院、牛津大学），为乔伊斯和叶芝写过传记，这部王尔德传花了他二十年光阴，英文版有736页，征引之广泛、细节之翔实，可用"骇人听闻"来形容。想知道泰德街16号王尔德故居原来的壁板是什么颜色吗？想知道他是如何被"掰弯"的吗？想知道他去普鲁斯特家拜访时说过什么话吗？一切一切都可以在该书中找到答案。而此书"杀青"之际，艾尔曼在牛津去世，不到七十岁，病症是肌萎缩，不过我猜他是累的：王尔德哪是省油的灯！

（二）他的外表

虽然流传至今的王尔德照片也有几十张，但是有图未必就有真相，艾尔曼复原出的王尔德形象显然更靠谱。他高大，一米九三，一直有发胖的趋势，走起来大摇大摆、拖拖拉拉、懒洋洋的。他面色苍白，有月亮一样的脸庞，也像月亮一样，有浅色的大雀斑。嘴唇非常厚，是供给漫画家下笔捕捉的特征。眼睛是瓷蓝色的，热切的大眼睛熠熠生辉，弥补了长相上的不足，加分。而一口龅牙是绿而近黑的，估计是用水银治疗梅毒病所致，减分。他说话速度很快，嗓音很低，语调圆润柔和。至于他的表情——照片难以记录的是表情——"异乎寻常地温和但热烈"，也许正是他的魅力所在。

这样一个姿色平常的"死胖子"，凭什么成为唯美主义的旗手？王尔德在少年时代就十分操心自己的服装，等到他写《道林·格雷的肖像》时，他借其中人物调侃说："只有浅薄的人，才不根据外表来做判断。"艾尔曼告诉我们，王尔德13岁就有花花公子的品位，喜欢深红色与丁香色的衬衫，配淡紫罗兰色领结。在牛津上大学时，他衣服上的格子总要比同学们来得大而显眼。

当然他最惊世骇俗的衣服是他1882年到美国巡回演讲时所穿的，特别设计要吓吓乡巴佬们。他入海关时的警句尽人皆知："除了天才，我别无他物需要申报"，跟着他一起入关的，是拖到脚上的绿色长大衣，衣领和袖口饰有毛皮，波兰式圆帽子，天蓝色领带，异常夸张。在演讲台上，他穿得同样不伦不类：深紫色的短上衣，齐膝短裤，黑色长筒丝袜，镶有鲜亮带扣的低帮鞋。那长筒袜轰动大西洋两岸，艾尔曼解释说实乃共济会牛津阿波罗分会的服装，在拿破仑·萨朗尼为他拍摄的系列黑白照片里，长袜虽显眼，还看得下去。

在一般传记故事里，王尔德效仿戈蒂耶的红色马甲、插在纽扣里的绿色石竹，是某种"标配"，还是艾尔曼挖出的细节多，他告诉读者，为了展示自己的不同流俗，王尔德还特意模仿巴尔扎克的手杖，须知巴尔扎克当年的土豪品味十分不堪，别人用的手杖是"棍子"，巴尔扎克用的是"杠子"，不仅如此，杖头蓝色宝石，还嵌着贵妇的裸体小像。谢天谢地，王尔德只是略示敬意，他用象牙手杖，杖头上覆盖着绿松石，雅致多了。

（三）他的百合

王尔德当然是天才，他从小表现出阅读速度方面的才能，半小时内可以精读一本三卷册的小说，还能复述出七七八八。在19世纪最受推崇的古典文学方面，他有惊人的好成绩，不仅在都柏林圣三一学院时是头等生里的第一名，在牛津时代各种花天酒地之余，依然获得罕见的古典文学学位阶段考和学位终考的双一等成绩。可是，需要注意的是，从 24 岁毕业后定居于伦敦，到 1891 那个多部杰作面世的"奇迹之年"，期间有 13 年的时间里他并无重要作品，成名完全是靠奇装异服、古怪行为和辩才。

王尔德手执向日葵走过皮卡迪利大街的形象让人一见难忘，他对于百合的钟爱更是远近闻名。牛津时期，他就在宿舍里摆满百合花，用来自中国或塞夫勒的蓝色瓷瓶。22 岁他单恋爱尔兰游艇主的妻子莉莉·兰特里（Lillie Langtry, 1853—1929），更是展开百合攻势，据说当兰特里先生清晨回家时，常会被蜷缩在门阶上的王尔德绊倒，后者正在等待兰特里太太，寄望在她下马车时能看上她一眼。后来兰特里先生破产，莉莉成为名演员并组建了自己的演出公司，1882 年他在美国巡回演讲，恰巧莉莉也去美国淘金，王尔德依然去接船并献上大捧百合花，誓将骑士风范进行到底。

他的另一位女神是法国名演员莎拉·伯恩哈特（Sarah Bernhardt, 1844—1923），当萨拉初抵伦敦，王尔德前去迎接，将满怀百合撒在她的脚下，从此二人结为好友，他后来用法文写作《莎乐美》，也是为莎拉量身定做的"诗人的贡礼"。

在《潘趣》《世界》等流行报刊上，王尔德做过的"傻事"、穿过的"戏装"、说过的妙语时不时出现。艾尔曼总结说："王尔德学会了一种行动和说话的方式，他完全明白有可能遭到嘲笑，也确实遭到嘲笑，照收这种嘲笑也是计划的一部分，坏名声是好名声的邪恶的孪生兄弟。"

（四）他的对头

王尔德以出口成章的"急智"而知名，但若说"毒舌"，他还拔不得头筹，那份殊荣要留给美国旅欧画家詹姆斯·惠斯勒（James McNeill Whistler，1834—1903）。惠斯勒比王尔德大二十岁，1880年他们比邻而居结为朋友，互呈口才，出语不凡，俏皮尖酸，两人有什么最新妙语，是伦敦社交圈的话题之一，可惜的是，惠斯勒总是占上风——他更自大，更不善良。

在惠斯勒眼中，王尔德不是一个有天赋的人，起码不像他惠斯勒那般有天赋，于是，王尔德喜欢拿自己开心，惠斯勒也一样喜欢拿王尔德开心，有十年的时间，王尔德饱受羞辱。一次宴会上，某个女士说了一句漂亮话，王尔德说："我真希望那是我说的。"惠斯勒在旁插嘴："奥斯卡，你会说出这句话的，你会的。"王尔德经常借鉴并润色他人说出的妙语，惠斯勒心知肚明一语挑破，不够厚道。又一次，报纸登出他们二人的对话并大加发挥，王尔德给惠斯勒写信说："太荒谬了，我俩在一起的时候，我们除了自己之外什么也没谈。"而惠斯勒回信："不，不对，奥斯卡，你忘了，当我们在一起的时候，我们除了我之外什么都没谈。"

自大的惠斯勒显然对王尔德在美国和欧洲的演讲不满，1885年2月20日晚上10点，他在王子大厅公开抨击王尔德，公众原指望看出好戏，不料王尔德轻描淡写地绕过去了。次年11月，惠斯勒公开发表写给某艺术委员会的信，阻挠王尔德被吸纳："奥斯卡跟艺术有什么共同点？除了他跟我们共餐，拿走我们碟中的李子，做成了布丁，然后又拿到外省去四处兜售。奥斯卡——这位和蔼可亲的、不靠谱的、贪嘴的奥斯卡——对绘画的了解不超过对衣服是否合身的了解，居然有胆量发表意见——而且还是别人的。"巴掌直煽到脸上了，王尔德竟然没有当即断交——断交是1890年之后的事。若说"厚道"，王尔德堪称"圣人"。

（五）他的情史

王尔德最被俗世所议论的，当然是他的私生活。1997年的传记故事片《王尔德》参考了艾尔曼的这部传记，从王尔德1884年追求康斯坦斯·劳埃德（Constance Lloyd，1859—1898）与其结婚，到1898年王尔德出狱后与同性情人波西（'Bosie'）约会于罗马，截取他人生中的十四年，意在详述王尔德的"情人们"。

王尔德夫人康斯坦斯贤良、沉默，符合王尔德的希腊式审美，有着"男孩子气的脸庞和黑色的大眼睛"。遇到王尔德时，她每年有250英镑的收入，她的祖父去世后将会涨到900英镑。结婚之际，王尔德不仅没有积蓄还有欠债，是康斯坦斯提前从祖父那里预支5 000英镑，装修他们在泰特街16号的豪华房子。结婚次年,长子西里尔出生,再一年,次子维维安出生,康斯坦斯"百合花"般的身材走了样,很快失去了王尔德的欢心。在被遗弃的日子里,她考虑过离婚,但是在王尔德最需要亲情的时候,她没有拒绝。虽然听从朋友劝告她更名改姓、带着两个儿子移居热那亚,她还是每月给王尔德一点津贴。康斯坦斯在她39岁时因脊椎手术辞世,墓碑上简单刻着:"霍勒斯·劳埃德的女儿",不知何时,有人加上了一行字:"奥斯卡·王尔德的妻子"。

1886年,17岁的牛津大学生罗伯特·罗斯('Robbie', Robert Baldwin Ross,1869—1918)"引诱"了王尔德。罗斯是加拿大总督的孙子、加拿大司法部长的儿子,是王尔德的第一个同性情人。后来王尔德移情别恋,视罗斯为"男孩中的一个",罗斯却不离不弃,特别是在王尔德最困顿的时刻——受审、入狱、去世——有情有义。多年以后,罗斯的骨灰葬在了王尔德的墓中,对于罗斯而言是一生痴恋的结果,得其所哉。罗斯之后的另外一位重要情人是约翰·格雷(John Gray,1866—1934),《道林·格雷的画像》里藏着他的名字。与罗斯不同,格雷来自底层，自学成才，是一名年轻诗人。王尔德对于情人的出身并不挑剔，无论是来自底层的男妓还是来自牛津的露水之欢，他几乎可以"无差别对待"。但是说到"真爱"，唯有"波西"——艾尔弗莱德·道格拉斯（Lord Alfred Bruce Douglas，1870—1945）。

波西一直被王尔德粉们视为"红颜祸水"，这位侯爵之子连读了14遍《道林·格雷的画像》，然后经人引介拜见王尔德，时在1892年，王尔德与他迅即热恋。波西脾气暴躁、骄横自私、挥金如土，很快消耗了王尔德5 000英镑的巨款。两人热恋的两年间，王尔德不仅抛家弃子，也没写出任何作品。正是因为波西的幼稚和冲动，使王尔德走上状告昆斯伯里侯爵"诽谤"的法庭，进而情势急转直下，终至身败名裂。饶是如此，王尔德狱中为他写下长篇"情书"《自深深处》。出狱后，在夫人与情人之间，王尔德百般辗转还是选择了波西，两人的再度复合也只有三个月。

旁观者清的为何当事者迷？电影有一个好，直观，请了大帅哥裘德·洛饰演波西，举手投足，一颦一笑，倾国倾城，任是无情也动人。本来么，最刻骨的爱是理智无法解释的，波西所激发出的王尔德的疯癫与不顾一切，是一种对庸常生活的倾覆，也是一种对唯美主义的成全。所谓"声名狼藉的牛津大学圣奥斯卡，诗人暨殉道者"，他的人生是诗，他殉的道是美之道。

（六）他的潦倒

在生命的最后两年，王尔德贫病交加、众叛亲离，他在巴黎街头经常拉住以往的熟人讨钱，那情形真是潦倒。1899年，一位作家朋友记述说，在圣日耳曼大道上偶遇坐在一家咖啡馆旁的王尔德，当时正下着瓢泼大雨，雨水倾泻在他身上，因为侍者急着要赶走这最后一位顾客，不仅将椅子堆放起来，还把遮雨篷也收了起来。而王尔德没法走人，他点了三四杯饮料，却又付不出钱来。事实上，他经常口袋里没有一个苏。不是罗斯等人不接济，他住的四等旅馆的老板待他不薄，他也尽可能不放弃相对豪奢的生活，潦倒的是他的心态，破罐破摔，沉溺肉欲，一有钱也是浪掷。到了这个地步，也真是唯欠一死。

艾尔曼的秉笔直书有时是令王尔德粉们不快的。他认定王尔德最后的死因是第三期梅毒，虽然王尔德掩饰说是贝类中毒。在他临终的病榻边，只有罗斯和另一个友人。王尔德著名的改宗事件，发生在他失去知觉之际，也是罗斯做主、火速拉来了一位神父。这部权威《王尔德传》最残酷的段落是描写王尔德的死亡："他刚刚咽下最后一口气，身体就溢出了液体，这些液体从耳朵、鼻子、嘴巴和其他窟窿中流出来。他的遗骸是非常可怕的。"让人想起《道林·格雷的画像》？对于一个唯美主义者，真是太不美的结局。

与王尔德的悲剧人生一样流传久远的，是他的连珠妙语，虽然有些是出自书中人或剧中人之口，难以猜测作家本人的倾向。艾尔曼评价说："他的悖论翩翩起舞，他的才智闪闪发光。他的语言中充满了自嘲、趣味和放纵。"王尔德金句永远是文学系青年男女的锦囊，其中有一句："我对文人从不感到失望。我觉得他们极有魅力，让人失望的是他们的作品。"好在，王尔德本人除了魅力，作品也还在流传中，起码那些警句隽语还在网上以各个语种形式泛滥。1998年,英国人总算"原谅"了王尔德,在伦敦的王尔德纪念碑上(我能说太丑么),他们选了这一句:"我们都在阴沟里,但仍有人仰望星空。"嗯?这么一本正经?又这么凄惨煽情?不好玩。我觉得艾尔曼这部权威传记里最亮闪闪也最切题的是来自《道林·格雷的画像》里的这一句:"我们生活在这样一个时代,人们对待艺术的方式让人觉得它本该就是一种自传形式。"

毛姆：不死的文学巨鳄

普通人只死一次，盖棺定论，从此长眠。名人要死两次，一次是肉身死亡，一次是传记出炉。大名人呢，死许多次，一本本传记陆续问世，一寸寸隐私翻出来检验，死了许多次都还死不了的，索性永垂不朽。英国作家萨默塞特·毛姆（Somerset Maugham，1874—1965）对于传记可能造成的"二次死亡"其实早有防备，他坚决反对泄露自己的私生活，不允许出版任何有关自己的传记，烧掉了手头的所有信件，还叮嘱文学经纪人，在自己死后也要照此办理。可惜，洞察人性的毛姆还是没有料到，人们对名人的隐私如此好奇，身边人如此不可靠，传记作者们如此技痒。

1895年4月，奥斯卡·王尔德在伦敦接受了审判，被震惊的不只是公众，也有大量同道中人——"他们原以为稍微谨慎一些就不会惹上麻烦"——惊骇中很多人决定立刻前往欧洲大陆。通常，一天中去法国的乘客只有六十来人，而王尔德被捕的那天却有六百多位先生登上了跨海渡轮。这一年毛姆21岁，他从十几岁就知道了自己的性向"不正常"，王尔德一案让他坚定了保护隐私的决心，因为在随后的半个多世纪中，英国的同性恋者生活在真真切切的恐惧中，担心被敲诈、担心被曝光、担心被逮捕，且毛姆本人又特别在意体面，他毕生勉力维持一个"老派的英国绅士"形象。他对于传记的拒绝、对于个人隐私的过度保护，只有放在这样的语境下才能被理解。在毛姆人生的最后几年，英国对同性恋的态度变得宽容。不过当他1962年在《星期日快报》上连载自传《回顾》时，他对自己唯一一段婚姻的强烈不满还是引发了天崩地裂式的批评，他甚至被伦敦的绅士俱乐部所排斥，有匿名信劝告他"越早离开英国越好，记得带上你那个男朋友。"这一事件使得毛姆精神崩溃，在男友前多次流泪。他在一个多月后回到法国的马莱斯科别墅，至死再也没有回过英国。

1965年12月16日毛姆去世。没过两周，侄子罗宾·毛姆就将毛姆是同性恋者的隐私揭橥报端，对于毛姆的意愿是严重践踏。微妙的是，两年后英国通过了同性恋法改革法案。毛姆未曾预见，他矢志所要掩饰的同性恋问题，在后世日益开明自由的风气中，不仅不再是问题，而成为前卫的标签。因此，罗宾在六七十年代陆续推出的回忆录作品《与威利对话》《萨默塞特和毛姆一家》《摆脱阴影》《寻找涅槃》，对于毛姆的"名气"也算不得伤害。

毛姆遗嘱中有关信件、文件和日记的禁令一直有效，但是毕竟毛姆在他活着的时候是全世界最畅销的英语作家，对这样一个"趴在百万销量上的老鳄鱼"，传记作者们自然是不肯罢手。到20世纪90年代之前，已有不下五种"未授权"的毛姆传记行世，其中特德·摩根（Ted Morgan）的《毛姆》（1980）与罗伯特·卡尔德（Robert L.Calder）的《"威利"：萨默塞特·毛姆的一生》（1989）影响深远。有关毛姆生平与文学的各类评论作品，更是蔚然大观，研究者特洛伊·巴塞特（Troy Bassett）开列了从1969年到1997年间的清单，一共341种。大约是出于时代变化与研究需要的双重考虑，到了新世纪，执行毛姆遗嘱的皇家文学基金会更改了条款，这使得传记作家赛琳娜·黑斯廷斯（Selina Hastings）成为首个获准阅读毛姆通信，以及毛姆女儿丽莎记述家庭生活文稿的人，她于2009年出版的《毛姆的秘密生活》也被称为"目前市面上唯一正式授权的毛姆传记"。

在本书的中文版封底，印了第一个毛姆传作者特德·摩根的精彩总结："毛姆是下述一切的总和：一个孤僻的孩子，一个医学院的学生，一个富有创造力的小说家，一个巴黎的放荡不羁的浪子，一个成功的伦敦西区戏剧家，一个英国社会名流，一个一战时在弗兰德斯前线的救护车驾驶员，一个潜入俄国工作的英国间谍，一个同性恋者，一个跟别人的妻子私通的丈夫，一个当代名人沙龙的殷勤主人，一个二战时的宣传家，一个自狄更斯以来拥有最多读者的小说家，一个靠细胞组织疗法保持活力的传奇人物，和一个企图不让女儿继承财产而收养他的情人秘书的固执老头子。"——熟悉毛姆生平的读者看到这里不免疑问，假若1980年这些就已经不是"秘密"，那么赛琳娜·黑斯廷斯所要描述的"秘密生活"，到底有何新意？

赛琳娜·黑斯廷斯曾是《每日电讯报》资深记者，对大众趣味了然于心，在写毛姆传之前还写过另一位特立独行的英国作家伊夫林·沃的传记，对挖掘"天才的私生活"颇具经验。与此前的传记作者们相比,她对于毛姆"秘密生活"的开拓,并不在于广度,而在于深度;并不在于单点爆破,而在于多层掘进。举例而言,对于中国读者来说,"毛姆的同性恋情人们"或许是个轰动的话题,而在西方读者看来,这都是上了年纪的故事。因此黑斯廷斯不仅要写毛姆的同性恋,还要写他的异性恋。毛姆曾说:"我以为自己四分之三正常,四分之一'古怪',但事实恰恰相反。"所以写好那"正常"的"四分之一"可能是更具挑战的任务。在毛姆的一生中,他有过深爱的女人,苏·琼斯是他求婚的对象,却遭到对方拒绝,此后毕生难忘,两幅苏的肖像长期挂在他南法别墅的墙上。而有夫之妇西里尔·韦尔康是毛姆不喜欢的女人,却在不断的攻势下使他陷入婚姻的围城。婚后,擅于社交、追逐时尚的西里尔的确把家变成了伦敦社交中心,但是西里尔的超强占有欲又使毛姆痛苦异常。在毛姆与西里尔的通信中,二人的矛盾冲突十分鲜明,晚年毛姆在《回顾》中所表达的冲天愤怒也因此有了可以理解的空间。

至于"古怪"的那"四分之三",黑斯廷斯不仅从头细数毛姆的一个个同性情人,还要将他最重要的几段情事

毛姆:不死的文学巨鳄

写得细密扎实。本书中的很多篇幅给了毛姆的"最爱"杰拉德·哈克斯顿，从1914年相识到1944年杰拉德病逝，三十年的时光中有阳光也有阴影，富于活力、长于社交、品位杰出的杰拉德给予毛姆的生活与创作以巨大帮助，但是他酗酒、纵欲、颓废，"在最后的十年中没有带给毛姆丝毫幸福"。写"情人"而不是写"情圣"，这是黑斯廷斯的明达之处。在书中，毛姆的另一个伴侣艾伦·塞尔也是作者颇费心力所在。1928年毛姆就与18岁的艾伦交好，后来艾伦接替杰拉德成为毛姆的管家、秘书和情人，悉心照料毛姆最后二十年的生活。无论地位、外形还是个人魅力，艾伦都不如杰拉德，他非常自怜，缺乏安全感，与毛姆女儿丽莎关系不好。纵然殷勤服侍有功，黑斯廷斯还是坦言：艾伦"操纵并整个毁掉了毛姆的余生——他与女儿的关系，以及他死后很多年间在世人眼中的名望。"

赛琳娜·黑斯廷斯所要描述的"秘密生活"还事关毛姆作品的人物原型以及毛姆本人与这些人物的关系。和众多小说家一样，毛姆对读者总是试图找出小说中某个人物的"真身"是谁感到恼火，但是他在利用真实人物时几乎不做修改、原样照搬甚至不试图加以伪装,因为这个特点,毛姆得罪了大量文坛朋友。他的小说《寻欢作乐》,写大作家爱德华·德里菲尔德去世后,他妻子请人为他立传,于是小说叙述者威利·阿申登被传记作者请来,回忆当年和德里菲尔德的交往。不过在阿申登的记忆深处,念念不忘的却是德里菲尔德的前妻、迷人的罗西。这个金发的丰腴女人生性风流,处处留情,却又母性十足、善良坦诚。德里菲尔德与罗西的关系,是传记作者阿尔罗伊·基尔想要一窥究竟的,可是愚蠢如基尔,恐怕难以明白人性中的复杂。熟悉伦敦文学圈子的人深心明眼,知道爱德华·德里菲尔德是照着托马斯·哈代刻画的,威利·阿申登是毛姆自己,罗西出自毛姆一生最爱的女人苏·琼斯,阿尔罗伊·基尔则在影射当时的"文学界总督"休·沃尔波尔。刻薄的毛姆将沃尔波尔的自私自利、精神饱满、毫无幽默感和虚荣的特质刻画得入木三分,结果当小说出版后,在文坛引起一片骚动,按照弗吉尼亚·伍尔夫在日记中的表述,沃尔波尔在《寻欢作乐》中被"活剥"了。

在《寻欢作乐》中,基尔-沃尔波尔对于人物传记有着庸常的理解:"内容应当有好多使读者感到亲切的细节,另外，在这里揉进对他文学著作的全面评论，当然不是那种沉闷的长篇大论，而是虽持肯定态度却是透彻的评论。"要把它写得含蓄，优美，比较微妙，还有要亲切。"而阿申登－毛姆则指出："你不觉得如果你彻底地把他的好坏两方面都写出来会使你的书更有意思吗？"我想，赛琳娜·黑斯廷斯一定是对毛姆的观点深有会心——彻底地写出好与坏两方面，然后，"以其人之道还治其人之身"。《毛姆的秘密生活》没有伪装成一部正统的评传，也就是说并不同时并重生活与作品两方面，而是严重向生活部分倾斜，它不含蓄，不优美，有时尖刻，有时直白，写出了毛姆性格与人生的多重复杂性。

从文学史上的地位来说，毛姆一生太富有、太多产、太畅销，成功得太让人嫉恨，因此不容易在学院里找到"一流"位子。精英们不一定喜欢他，嫌他不够沉重；无产阶级也不一定喜欢他，嫌他不够浅显；但是中间阶级的人士天然地喜欢他，喜欢他对人性的探索、对欲望的悲悯。同样是这类题材，茨威格往往写得泪如雨下，但是毛姆写来就颇为冷静，还有一种英国式的俏皮。对于毛姆算是个好消息——当中国的中间阶级崛起，中国可能有着世界上最大的毛姆读者群。老年毛姆满面沧桑,常被比拟为鳄鱼、蜥蜴或者乌龟。倘若他地下有知,知道这部传记易名《毛姆传》,在自己逝世五十年之际现身于中国,且大家贪婪地等着吞食任何关于他的八卦,不知他会作何表情,鳄鱼的微笑?蜥蜴的提防?乌龟的无动于衷?

神圣的和渎神的伊夫林·沃

（一）

请参照戴妃那种一个音节一个音节发音的贵族式超慢语速，念出这个名字：Arthur Evelyn St. John Waugh。阿瑟·伊夫林·圣约翰·沃。如果你像对待美国人一样直呼其名，叫他"阿瑟"或者"伊夫林"，他一定介意的，这是一个十分讲究二十分老派三十分刻薄的英国绅士，拿腔作调到二战期间还用着鹅毛笔，所以，我们还是遵循规矩，郑重又不过于郑重地叫他"伊夫林·沃"吧。什么？你听都没有听说过他？那就对了，他是那种小众拿来标榜品位的作家，连同他云里雾里的宗教观、闪闪烁烁的性取向、货真价实的纵酒、轻伶俏皮的毒舌、全副武装的怀旧做派，都是一小撮明白真相的群众的谈助。你如果没有听说过,也好,省得被荼毒了。

伊夫林·沃"标志性"的一幅画像,出自布鲁姆斯伯里群体中英国画家亨利·兰姆(Henry Lamb,1883—1960)之手。画上的他还是一名大学生,却已经混合了"妖艳青少年"的风致和"爱德华绅士"的调调。他,舒服地倚着一个织锦垫子,跷着二郎腿。粗花呢上衣、法兰绒长裤、马甲、圆点真丝领带,貌似不讲究其实很讲究。棕红色的头发梳理得油光锃亮一丝不苟,一个个暗涌的小波浪,估计苍蝇落上去都要失足。更加摆谱的是,他右手烟斗、左手酒杯——经考证,为此画付费的是吉尼斯男爵,所以那玻璃杯里装的乃是正宗吉尼斯啤酒。此画最有特点的是他的眼神,直勾勾瞪视着观者,无所畏惧到有一丝丝邪恶。

第一次世界大战以后,英国的年轻一代被唤作"妖艳青少年"。每个时代都有迷惘以至于不靠谱、不靠谱所以不得不垮掉的一族,无非是垮掉方式不同而已,有的垮得很吉卜赛,有的垮得很爵士,有的垮得很有电子酷感,而"妖艳青少年",那是垮掉得华丽丽的。他们衣着光鲜,暗地狂野、自恋、矫情、玩弄辞藻,尤喜恶作剧,有拜伦勋爵恶魔派的范儿。至于"爱德华绅士",是以20世纪第一个十年的英国国王、印度皇帝爱德华七世命名的,那是延续了维多利亚盛世的一战前最后的繁华,一个富庶、精致、优雅的"美好的年代",也是最为标榜英伦绅士之外柔内刚风度的时代。

伊夫林·沃1903年出生于伦敦,父亲是知名编辑和出版商,虔诚的英国天主教徒。伊夫林·沃是家中的第二个儿子,他的哥哥亚历山大·沃(Alexander Raban Waugh, 1898—1981)后来亦是一名作家。从社会阶层上看,他的家庭属于中产阶级的上层。英国不同于美国的是,贵族意识和阶层意识深入骨髓,所以伊夫林·沃从小很为家庭住址苦恼,那是Golders Green,地铁车站旁,商业气氛浓郁,并非高尚住宅区。父亲为他选择的教会中学清规很多,每天早晚两次礼拜,礼拜天增加到三次,根据伊夫林·沃的回忆,他当时并不觉得仪式繁琐。对他造成刺激的也许是长他5岁的哥哥亚历山大,在高中的最后一年被勒令退学,然后于1917年发表了半自传小说《青春织机》(*The Loom of Youth*),描述了公学里同学之间的同性恋关系,在当时很是轰动。正是受此株连,伊夫林·沃被该公学拒收，父亲只好将他送到另一所声望略低的教会高中Lancing College，在那里，他失去了童年的信仰，成长为一个怀疑论者。

1921年，18岁的伊夫林·沃进入牛津大学赫特福德学院（Hertford College, Oxford），虽然专业是历史，可是他在社交、写作和艺术上显然更为投入。他厕身于中的"爱美俱乐部"实则一个同性恋男性大学生的小圈子，在此他结交了一批权贵子弟，纵酒狂欢，时光虚掷，过着"妖艳青少年"那种浪荡无羁的日子。1924年，他和同学拍了一部小电影，颇有亵渎天主教的意思。或许正是因此，他在同年没有拿到学位便离开了牛津，旋即转入斯莱德艺术学校（Slade School of Fine Art）学习绘画。在此，曾经发生过一则轶事：他曾遇到毕加索和达利，据毕加索的回忆，伊夫林·沃一直试图拿掉达利的胡须，以为那不过是个超现实主义的玩笑，结果达利恼了。伊夫林·沃和绘画艺术的结盟不久垮掉，他于1925年在威尔士的一所私立学校谋个教职。在后来的自传中，他半真半假地说自己差点蹈海自杀——已经游到了外海，只是因为被海蜇蜇了一下，不得不返回。中学教师也不那么好当，他屡屡被解雇，有一次是因为"引诱女舍监"，自然了，他向父亲陈述的理由是"喝高了"。

好在还有一支生花妙笔。早在7岁，他已经发表了毕生第一篇小说，现在是回到文学的时候了——他成了一名新闻记者。1928年，他发表了第一部长篇小说《衰落与瓦解》(Decline and Fall)，主人公保罗·潘尼费瑟是一个孤儿，像伏尔泰《老实人》中的主人公一样不谙世事、一样命途多舛。故事开始时，他是牛津大学神学院的学生，一天晚上，被一帮醉汉扒光了衣服。本是事件的受害者，却因"行为不检"而被校方开除。监护人乘机剥夺了他继承父亲遗产的权利，万般无奈之下，他只好到一个偏远的学校当教师。漂亮而富有的上流社会贵妇马格特·比斯特切温德夫人看中了他、诱惑了他，他却不知道夫人经营着南美洲的妓院生意。结婚前夕，保罗因为帮夫人处理"事务"而被逮捕，判处7年徒刑。小说最后，夫人嫁给了内政大臣，保罗改变外貌隐姓埋名，回到牛津继续读书。小说出版后立即轰动文坛，阿诺德·班内特、马尔科姆·布雷德伯利、埃德蒙·威尔逊等英美评论家都给予了很高的评价。此书是如此流行，以至于温斯顿·丘吉尔把它作为圣诞礼物赠送朋友，不太为人所知的是：伊夫林·沃是温斯顿·丘吉尔的儿子的好友。

也是在 1928 年，伊夫林·沃第一次结婚，夫人全名是 Evelyn Florence Margaret Winifred Gardner，巧合的是名字也是"Evelyn"，此伊夫琳乃贵族爵爷之女。可是两人婚后并不幸福，伊夫琳爱上了别人。1930 年 1 月 14 日，第二部长篇小说《邪恶的躯体》(*Vile Bodies*) 出版，4 天后，《泰晤士报》刊登了二人的离婚通告，一个月后，伊夫林·沃皈依了天主教。鉴于天主教徒是不能离婚的，所以直至教会宣布"废止"了他的前一次婚姻，伊夫林·沃才于 1937 年第二次结婚，这一次他娶了前妻的表姐妹劳拉·赫伯特（Laura Herbert），劳拉也是天主教徒，他们的婚姻一直维持到婚姻的尽头，诞下 7 个孩子，其中一个儿子继承了父亲的作家衣钵。不过，在孙辈的回忆录中，伊夫林·沃可不是一个有礼的绅士，他性情古怪，酗酒挥霍，对子女极尽尖酸刻薄之能事。的确，在个性方面，伊夫林·沃一直名声不佳，但凡涉及他的野史和正传，几乎都言及他的极度自私、贪婪、势利、保守和傲慢，不过这些恶行劣迹尚未撼动他 20 世纪英国重要作家的地位。

从 30 年代到 40 年代，伊夫林·沃写作两种稿子，"为钱而写"的是报刊文章，"为智识阶级而写"的是小说。关于前者，他曾讥诮地说："你必须把一半精力花在为报纸写稿上头，编辑要这些稿子因为有人买你的书，人们买你的书因为他们在报纸上读到你的文章。"这是商业圈里的名利循环，所以，他来者不拒地写各色专栏，何况稿费也委实不少。关于后者，他写了《黑色恶作剧》(*Black Mischief*，1932)、《一抔尘土》(*A Handful of Dust*，1934)、《头条新闻》(*Scoop*，1938)、《插更多的旗》(*Put Out More Flags*，1942)，这些小说大都取材于自身经历，也为他逐步积累着"萧伯纳式作者"的声望。真正使他名利兼得的，是 1945 年发表的长篇小说《旧地重游》(*Brideshead Revisited*)。

1939 年 9 月，英国对德宣战。伊夫林·沃以 36 岁"高龄"加入军队，他视力不佳、体能偏差，完全是靠上层朋友的帮忙——比如温斯顿·丘吉尔之子伦道夫的提携——他没参加军事训练就获得了任命，先后供职于皇家海军和皇家禁卫军。1943 年 12 月，他因为跳伞而崴了脚，好心的指挥官给了他一个漫长的假期，直到 1944 年 6 月。正是利用这段时间,他完成了《旧地重游》的写作。他在战争中的其他经历被他创造性地融入了《荣誉之剑》三部曲。

(二)

译林出版社这次下了功夫,布面精装烫银,选了张建筑速写,明眼人一看便知,勾勒的是约克郡的霍华德城堡(Howard Castle),自从20世纪60年代以来,英国的很多电影和电视剧是以那里为取景地的,自然也包括Brideshead Revisited。

英国贵族素来把田园风味高高放在上面,在伦敦盖的是"公馆",可是"家",一定是在乡间的。特别是那些有历史传承的古堡、宫殿和别业,是他们身家品位的绝好招牌。就是乡绅阶层,也把山庄农庄田庄分外当回事儿,Merry Old England,是一个民族的集体想象。对这种老房子梦,文学一方面推波助澜,另一方面也乐享其成。想当初,司各特几乎为苏格兰的每一座古堡写过一部长篇小说,而假如没有这些古堡,哥特小说怎么办呢?假如没有那些乡间庄园,《曼斯菲尔德庄园》《呼啸山庄》《荒凉山庄》等怎么取名呢,简·爱和罗切斯特该在哪里相遇,还会不会有《蝴蝶梦》开篇那深情的语气:"昨天夜里,我又回到了曼德利"?真的,假如没有这些老房子,不仅阿加莎·克里斯蒂的谋杀案要大受影响,恐怕哈利·波特都要手足无措了。

农业社会传统,老英国的地名本来质朴,我们近代的翻译也曾很朴实地对接,将英语地名常用的后缀进行意译:"field"译成"地"、"burg"译成"堡"、"pool"译成"浦"、"mouth"译成"口"、"valley"译成"谷"、"ford"译成"津"、"town"译成"屯",大点的 town 是"大屯"……其实我国地名更丰富,八里台、朱家角、沙家浜、公主坟、十八里铺,透着浓重乡土味。犹记得伍光建老先生翻译大仲马的《三个火枪手》,书名译为"侠隐记","修士"译成"和尚",官衔都是我国的,领队不叫领队,叫"提督",书里的"大教堂"一律翻成"寺",有趣。还有傅东华先生译的《飘》,人名译得真好,郝思嘉、白瑞德,他是把 shop 译成"铺子"的。

远兜远绕,回到"Brideshead Revisited",直译为"重

访新娘头"是太不像话了，按照当代惯例采取音译，译成"重访布赖兹赫德"，也是太平白如水了。港台译成"梦断白庄"，取的是"Brides"的第一个音，"白庄"这意思好，透着清贵气。小说第一部开始的题铭是一行拉丁文——"我也曾有过田园牧歌的生活"，这阿卡迪亚的内涵，"白庄"贴得上。至于译林出版社，采用的是赵隆勷先生的翻译，"旧地重游"，也好，有作者不动声色的那重气质。至于电影和电视剧采用的都是"故园风雨后"，董桥先生说是香港的翻译，实在是有些滥情了。最不堪的译名是"欲望庄园"，也是香港译的，伊夫林·沃地下有知，是要爬出来闹事的。

按照小说里的描述，Brideshead是伦敦附近的一处地方，与世隔绝，处在一个孤零零的、蜿蜒的山谷的怀抱之中，一条叫新娘河的小溪切过这片柔和的风景，古老的宅子有着圆顶，建于18世纪中后期。此外还有喷泉、一座古希腊多斯式神庙、山峦上闪烁着一个方尖塔。作为侯爵宅邸，Brideshead应该是很奢华的，可是用霍华德城堡来比附，我觉得还是过分了。正因为霍华德城堡过于富丽堂皇，所以新版电影里主人公之一、出身于中产阶级的赖德

神圣的和渎神的伊夫林·沃

大有攀附之嫌。

《旧地重游》1945年问世的时候，迅速红遍大西洋两岸，卖了60万册。英国人和美国人一起怀着老英伦精致生活的旧。这里需要加一点对历史背景的阐释。伦敦大轰炸不仅死了4万3千人，还毁掉了10万幢房屋。从1940年开始实行配给制，食品部长乌顿男爵提倡没有牛肉的炸肉饼、没有糖的蛋糕和没有茶叶的茶，皇室都要厉行节俭，银盘子里只有午餐肉。在极度困难的形势下，为了提高自给自足的能力，著名的英式花园增添了三个功能：一是改造为菜园，在作者写作这篇小说的1943年，英国的花园和小块菜园种植了100多万吨蔬菜。二是增设饲养场，不少花园里养起了兔子、鸡、猪，豪宅旁边鸡鸣猪叫的现象十分正常。三是开辟家庭防空洞，有固定的丑陋样式。战事所迫，体统不存。到1945年，作为二战中受轰炸最严重的三个城市之一（另外两个是德累斯顿和重庆），伦敦满目疮痍，人民尚需靠配给过日子。在这样的境况中，一个豪华的城堡？昔日雅致的生活？善哉，那是可以止渴的青梅，是可以充饥的画饼，我猜想在酒酣耳热之际，英国倒倾的华厦肯定比统计中的多，不少英国人可以有机会说："我也曾有过田园牧歌的生活"。

英国人对使用霍华德城堡可能没意见，那是英国国宝。可是我心目中的"白庄"，是另一幅样子的。

（三）

从前，巴黎有个犹太商人，名叫亚伯拉罕。他的好友贾诺托一心想让他皈依天主教，于是不断前来说教。亚伯拉罕被逼得厌烦，只好亲身前往罗马教廷考察，不看不知道，一看吓一跳。回来后，亚伯拉罕对贾诺托说：

"照我看，天主应该惩罚这班人，一个都不能饶恕。要是我的观察还不错的话，我可以说，那里的修士没有一个谈得上圣洁、虔敬、有德性，谈得上为人师表，他们恰好相反，个个只知道奸淫、贪财、吃喝、欺诈、妒忌、骄横，无恶不作，坏到了不能再坏的地步。如果还要再坏的话，那我就只能说，罗马不是一个高居他人之上的圣城，而是一个容纳一切罪恶的大熔炉。根据我的观察，你们的牧羊者（教皇），以至一切其他的牧羊者，理应做天主教的支柱和基石的，可他们却在日日夜夜用尽心血和手法要叫天主教早日垮台，直到有一天从这世上消灭为止。"

批驳完毕，亚伯拉罕话锋一转，说出了震古烁今的一段名言：

"不过，我也看到，不管他们怎样拼命想拆天主教的台，你们的宗教还是屹立不动，传播得越来越广，处处发扬光大，这使我认为，一定有圣灵在给它做支柱和基石，它确实比其他的宗教更正大神圣。所以，虽然前一阵不管你怎样劝导我，我都一点也不动心，不想成为天主教徒，现在我却可以向你坦白讲出来，再没有任何东西可以阻挡我成为天主教徒了。我们一起到礼拜堂去吧，到了那里之后就请你们按照你们圣教的仪式给我行洗礼吧。"

亚伯拉罕先生悟到的是个伟大的荒谬逻辑：它腐败，而这样腐败都没有垮台，显见是有天主在后面鼎立扶助了。这个故事来自薄伽丘的《十日谈》，薄伽丘放荡声色，写了许多"不正经"的东西，据说被他讽刺的教会在他死后掘坟毁碑以泄愤，然而在文学史上，他是伟大的人文主义者。从历史的角度看，天主教教会史的这一段的确是乌七八糟，不然也不会产生新教改革。但如果抛开教义分歧，所有的教会皆与广告公司差不多，都使出十八般手段，售卖着某种神奇而无形的产品。

当然，从正统的角度解释，天主教是个慈悲的宗教，哪怕它架起火刑堆烧烤你，也完全是为了你的灵魂得救。而且它还注重心理治疗，你忏悔一番，从神甫那里拿个药方，比如"圣母经20遍"，这就放下了心理负担，多么人性化的管理。说到腐败这个话题，天主教教律严格，严格到几乎是按圣徒标准要求它的工作人员，所以触犯戒律的人看起来很多，特别是神甫修士们，淫邪啊，娈童啊，时有丑闻出现。这方面新教就比较占便宜，放低门槛，工作人员可以婚配，减少了许多犯罪机会，看起来也就干净多了。新教比较讲究宿命论，非要分出个选民和弃民，各安其分；天主教就善良多了，哪怕你杀人如麻，只要放下屠刀，天国的门是向你敞开的；哪怕你出身微贱，只要你积德行善，天主是会提携你的；哪怕你一度深陷泥沼，只要你有了信仰，必蒙恩典；最让人难忘是《路加福音》里浪子回头的故事，那个和娼妓鬼混的败家子儿，依然受到老父的热情款待。条条道路通罗马，有罪的人们，都来吧。离经叛道的奥斯卡·王尔德在过世前接受了天主教洗礼，他曾经说："圣人与罪人有天主教，至于有名望的人，他们有英国国教"。前一阵子梵蒂冈教廷与王尔德"和解"，教廷推出了一本神父编辑的《反传统基督徒的格言警句》，王尔德最著名的妙语——"我能抵制一切，除了诱惑"，以及"摆脱诱惑的唯一方法就是向它屈服"——均收录其中。如果王尔德都能获救，罪人们啊，你们真的真的有希望了。

我们不大能辨识出圣徒，实话说，伊夫林·沃也委实不像虔诚人士。美国评论家大卫·莱比道夫（David Lebedoff）指出：伊夫林·沃是一位世界级的伪绅士和趋炎附势之人，同时也是一位审美家，他有着坚定的宗教信仰，但他实际的言行举止却很少与之相一致。概而言之，作家而又身为天主教徒的，看起来都有点"不像"。让我们像理解王尔德一样理解他吧。唯一与王尔德不同的是，虽然伊夫林·沃在家庭生活和公众生活中都很不厚道，但是他"保守的天主教小说家"的形象却深入人心，而他自己也乐于在媒体上大放厥词刻意维护这种形象。唉，谜团和迷雾总是吸引人的，谜团和迷雾之吸引人有时候就像宗教之吸引人一样，因为天使与魔鬼在一处，悖论与睿智在一处，真理与谎言在一处。所以，伊夫林·沃的宗教信仰与他作品中的宗教倾向，以"谜／迷"的特质吸引着我辈好奇者。

正像通往应许之地的道路是曲折漫长的，通往伊夫林·沃的"神圣与渎神"的道路也是曲折漫长的。读者啊，要耐心！

（四）

《旧地重游》的副标题是"查尔斯·赖德上尉神圣的和渎神的回忆"。大多数读者对小说中的去掉了定语的"回忆"更感兴趣，在第三部分的开篇，叙述者说："我的主题是回忆，在战争时期一个阴暗的早晨，一群长着翅膀的东西在我周围飞翔。这些回忆时时刻刻伴随着我，构成了我的生命。"这些长着翅膀的东西搬运来牛津的古雅、白庄的富丽、威尼斯的浪漫、邮轮上的月色、殖民地的阳光，它们的总和，是大英帝国的辉煌，是英伦绅士格调，是上流社会的经典生活方式。可惜在1943年这个"黄豆和基本英语"的凄凉年头,庄园荒芜,人去楼空,有种长日将尽的哀婉,而迷人的也正是这种物是人非、无限低回的追忆。

显然,"作者期待"与"读者视野"常常南辕北辙,伊夫林·沃更为看重的倒是那个定语:"神圣的和渎神的"。在1959年的再版序言中,他不无幽默地说:"长篇的主题——天恩眷顾各种不同而又密切联系着的人物——也许可能太大了,但是我并不为此感到抱歉。"早在1947年,当《旧地重游》首版热卖之际,米高梅电影公司邀请伊夫林·沃访美,面谈将其改编为电影的事宜,结果不欢而散,一个主要原因就在于从制片人到编剧,大家都把《旧地重游》当作情感故事,唯有伊夫林·沃强调其神学意蕴。乖乖,神学,好莱坞可不喜欢如此沉重严肃的大家伙。事隔60年,伊夫林·沃早已辞世,《旧地重游》终于搬上大银幕,走的是吸引大众眼球的实惠路线,突出了锦衣美服华厦香车,坐实了同性恋、异性恋、双性恋和三角恋,原作中的朦胧之美没有了,天主教主题大大缩减了。

为了尚不知道情节的读者的方便,简要介绍一下小说中的人物关系:

查尔斯·赖德：即叙述者"我"，中产阶级家庭出身，剑桥历史专业学生，后成为职业画家。

马奇梅因侯爵：白庄的主人。

马奇梅因侯爵夫人：白庄女主人，虔诚的罗马天主教徒。

布赖兹赫德：马奇梅因侯爵夫妇的长子。

塞巴斯蒂安：马奇梅因侯爵夫妇的次子。

朱莉娅：马奇梅因侯爵夫妇的长女。

科迪莉娅：马奇梅因侯爵夫妇的次女。

卡拉：马奇梅因侯爵的多年情妇。

雷克斯：政客，朱莉娅的丈夫。

西莉娅：查尔斯的妻子。

库尔特：塞巴斯蒂安的"朋友"。

本书内容简介写道："本书从一对少年的友谊入手，描写了伦敦近郊布赖兹赫德庄园一个贵族家庭的生活和命运。本书主人公塞巴斯蒂安出身贵族家庭，他的父亲老马奇梅因侯爵一战后抛下家人长期和情妇在威尼斯居住；他的母亲表面笃信宗教，却过着荒淫奢靡的生活。父母的生活丑闻给子女打下了耻辱的印记，扭曲了他们的天性。塞巴斯蒂安,在家庭的负累下终日以酒度日,潦倒一生。而长女朱莉娅,年轻美丽有思想,却由于宗教断送了爱情和幸福。"——诚实地说,这介绍过于浮在浅表。

先要从伊夫林·沃的独特笔法说起。深藏不露、隐忍不发、在文字中保持绅士风度,伊夫林·沃乃是各中好手,他惜墨如金的做派与海明威的冰山风格有些仿佛。在《旧地重游》里,你看不到伤心泪水,更看不到床笫之事,查尔斯与朱莉娅在邮轮上爱得深沉,落实到文字上其实只有含蓄的一句:"这个晚上我离不开她";最终朱莉娅放弃了爱情选择了宗教责任,查尔斯的极度伤心失望也只用了两行字、一个看似不相干的意象:"雪崩滚下来,崩雪扫荡净了它后面的山坡;最后的回声消失在白茫茫的山坡上;那新的土丘闪着光,静静地躺在死寂的山谷里。"——董桥先生说"伊夫林·沃是最忍得住情的一位作家",评得精准。

与当时流行的各种现代主义手法保持距离,特别是喋喋不休的意识流,伊夫林·沃有意使叙述者查尔斯的自我收缩到最小的程度,心理活动写得很少,轻易不作出判断,像是一个审慎的旁观者。他有意让故事中的人物开口，借此来透露信息，而此人物的描述判断与彼人物的描述判断有所出入甚至大相径庭，查尔斯的态度又如何？读者只好一读再读，从笔底春秋微言大义里寻觅自己的判断。形式是古典的回忆录，可是读者不得不使出读侦探小说的手段，收集证据、进行推理。这种雾里看花的笔法之下，书中人物的确滑溜溜地难以捉住——也好，现实生活中的人物乃至我们的认识方法不也是如此么，人，是深邃莫测的。

以小说中的马奇梅因侯爵夫人来说，她就是一个复杂的人物。书中首先出现的相关描述来自同性恋者、纨绔子弟安东尼，他暗示她与"当代唯一的最伟大的诗人"艾德里安·波森有染，此外还有另外五六个不同年龄和性别的人围着她转，安东尼使用了"妖术"这样的字样。鉴于这是安东尼的酒话，而且安东尼本身是个不可靠的叙述者，所以查尔斯对此将信将疑。在塞巴斯蒂安的介绍中，简洁明了："一般人认为妈妈是个圣徒"。随后查尔斯与马奇梅因夫人有过多次对话和交流，她圆滑的社交手腕、处心积虑为掩盖家庭丑闻所做的努力、在塞巴斯蒂安酗酒事件上对查尔斯的激烈发作、对朱莉娅婚事的苛刻和冷淡，还有最后的左右支绌，以及患癌辞世的悲凉，汇合在一起，组成一个难以评说的人物形象。小说中，查尔斯对科迪莉娅坦白："实际上我从来不了解你母亲"。四兄妹中最纯真的科迪莉娅承认，"我不爱她，这实在是奇怪的事情"。至于波森爵士同母亲的关系，也是科迪莉娅指出："他一辈子都爱着他，但是好像又和她一点关系都没有。"中文介绍说她"荒淫奢靡"，从何而来？我觉得，写人物写得立体圆熟到危险的程度，只有伊夫林·沃敢，只有他能够。

伊夫林·沃文笔如此克制，有时颇像《红楼梦》的那种手法，草蛇灰线，马迹蛛丝，隐于不言，细入无间，要认真品读方能悟出一二。比如查尔斯与西莉娅的关系，他一直称其为"妻子"，从来不呼"西莉娅"，不仅对西莉娅很是冷漠，对小女儿也特别不关心，读者要看了一会儿才会发觉，这种冷漠的夫妻关系源自西莉娅给查尔斯戴上的绿帽子，甚至，这个降生于查尔斯游历国外时期的小女儿有可能不是查尔斯的亲生女儿。同样，查尔斯与塞巴斯蒂安是什么关系？同性恋人还是"特别要好的朋友"？塞巴斯蒂安给查尔斯写信，用"最最亲爱的查尔斯""爱你，或随你的意思"。查尔斯和塞巴斯蒂安在屋顶上晒太阳那一幕，要小妹妹科迪莉娅走过来，才若无其事地写一笔他们都没有穿衣服。马奇梅因侯爵的情妇卡拉对查尔斯说："我懂得英国人和德国人那种浪漫的友谊。他们不是拉丁民族，如果这种友谊持续的时间不太长，我想是很好的。这种友谊是一种爱，在孩子们还不懂得它的意义的时候，他们身上就产生了这种感情。在英国，这种爱在你快长大成人时出现。"那么，他们两人到底有没有超越了友谊的关系？伊夫林·沃紧咬牙关，只暗示不明言。好吧，放开查尔斯与塞巴斯蒂安的关系，塞巴斯蒂安与流浪汉库尔特又是什么关系？——小说中有这样前后呼应的两段，一是修道士对查尔斯说："弗莱特勋爵（即塞巴斯蒂安）在丹吉尔发现他（库尔特）在挨饿，就带他回来，让他有住有吃，一个真正乐善好施的人"。查尔斯的反应如下："'可怜的头脑简单的修道士'，我想，'可怜的笨蛋'。上帝饶恕我吧。"在后面，当布赖兹赫德询问查尔斯："我弟弟和这个德国人之间的关系有没有什么不正经的地方？"查尔斯回答说："没有。我肯定没有。无非是两个流浪人漂流到了一起罢了。"读者需要仔细分析才能明白，塞巴斯蒂安与库尔特是有"不正经"的关系的，只不过出于对布赖兹赫德面子的维护，也是出于对塞巴斯蒂安的纵容和保护，查尔斯圆滑地轻轻带过罢了。

可想而知，以这样刁钻古怪的方法一路写来，小说中的宗教主题到底是"神圣"还是"渎神"，该是多么难以判断。

（五）

喜欢轶事的评论家指出，《旧地重游》中的查尔斯·赖德很有伊夫林·沃个人的痕迹，也是20年代初期入牛津学历史，也是没有拿到学位就离开学校，也是参加有同性恋倾向的小社团，也是离开牛津后学习绘画，甚至，连家庭地址都是一样的，靠近车站的Golders Green。算了，让我们先抛开这些轶事性内容，看看"神圣和渎神的回忆"到底是怎样的吧。

《旧地重游》是从查尔斯的视角展开的，所以查尔斯本人的宗教倾向很要紧。偏偏在这里，伊夫林·沃将他设置为"不可知论者"，与马奇梅因一家的天主教观念格格

不入。在一段严肃的自述中,他说:

"我没有宗教信仰。我小的时候,每星期都被人带着去做一次礼拜,上学时天天都去学校小教堂做礼拜,可是仿佛作为一种补偿,自从上了公立学校,假日的礼拜就免掉了。给我讲神学课的教师们告诉过我,《圣经》的经文完全不可信。他们也从来没有建议过我去作祈祷。我父亲不做礼拜,除非遇上家庭有什么事,即使去,也是带着嘲弄的意味。我母亲呢,我认为她是笃信宗教的。我以前觉得很奇怪,她竟会认为她有责任抛下我和爸爸,跟着一个战地救护队去塞尔维亚,筋疲力尽,死在波斯尼亚的冰天雪地里。可是后来,我意识到我身上也有这样的精神。也是后来在1923年我接受了要我信教的要求,我从来没有费心思去考虑这些要求,并且把超自然的现象当作真实的接受下来。"

这里面有三个信息:首先,他小时候是信教的;其次,他父亲不是虔诚的教徒,但是母亲富于慈善精神;最后,经过一段时间的摇摆,他成了表面上的教徒,实际上没有信仰。

小说开始不久,牛津全体师生参加圣餐礼,查尔斯属于四五个不参加者之一，分外醒目。在与马奇梅因家族的交往中，他也多次承认自己是"不可知论者"，尽管布赖兹赫德、科迪莉娅和马奇梅因夫人都希望将他吸纳进天主教会，但是他一直不为所动，在他看来，这一家族的很多宗教举动和观念即便不是愚昧的，也是难以理解的。他不理解好友塞巴斯蒂安怎么会相信"圣诞节啦、东方的星啦、三个王啦、牛啦、驴啦"，这一家人怎么会相信祈祷文、圣徒、临终仪式那些"魔法和虚伪的东西"。特别是在他看来，天主教不仅没有使马奇梅因一家人幸福，反而给他们分别带来了不幸。

马奇梅因侯爵出身于古老的天主教显贵家族，但是年轻的时候离经叛道，直到结婚，受到妻子的影响，方才开始信教。为了感谢妻子使他恢复家族的天主教传统，他在白庄中特别为妻子装修了一座天主教小教堂。后来，他"有点儿不信了"，酗酒，逃离妻子和家庭，与情妇避居威尼斯。因为天主教徒不准离婚，而通奸又是很大的罪名，所以他长期被视为逐出教门的人。

马奇梅因侯爵夫人是十分虔诚的天主教徒，出身于古老的天主教贵族世家。她将白庄的小教堂建成了一个小型宗教中心，请附近修道院的修士来主持弥撒，给予许多修女"保护"，身边围绕着一群神职人员（其中不乏江湖骗子），连奶妈和仆人都从天主教徒中挑选。由于虔敬和乐善好施，"一般人认为她是个圣徒"。但是，她并不幸福，丈夫在外寻欢作乐长年不归、长女缔结了一桩"丢脸的异教婚姻"、次子酗酒并离家出走，她使出一切手段竭力掩饰家中的不体面，但是左右支绌，最后身患绝症。根据天主教徒只应关注灵魂而不关注肉体的训示，她未作积极的治疗，几年后便溘然长逝。最可悲的是，尽管她在众人眼中是圣徒，却得不到小女儿的"喜欢"，这真是奇怪的事情。

布赖兹赫德古板得像是"埋葬了好几个世纪刚从洞窟里挖出来的"。他从小被母亲送进天主教中学，萌生了当神父的想法，可是母亲打消了他的念头——他是长子，要对家族负责。成年后的一生中，他完全无所事事，同时也郁郁寡欢，宛然"死木头疙瘩"，唯一的"爱好"就是收集火柴盒。他虔诚，但对待家人并不慈悲，比如他很伤人地指出：妹妹茱莉亚的婚姻并不"合法"——不合天主教的教条，只能算"姘居"。

塞巴斯蒂安引人注目地漂亮，极富魅力，行事乖僻，是"妖艳少年"的代表。出乎查尔斯意料的是，塞巴斯蒂安不仅去教堂，而且天天都祈祷——"啊，上帝，让我变好吧"。查尔斯"把这种情形看成是一种小小的弱点"，就像已经19岁的塞巴斯蒂安还要随身携带一只玩具熊一样，算是种可爱的坏习惯。后来，当塞巴斯蒂安成为一个酒鬼，被牛津开除，查尔斯还在与布赖兹赫德争执："我觉得如果没有你们那个宗教，塞巴斯蒂安本来是可能成为一个愉快、健康的人的。"塞巴斯蒂安越走越远，自我流放、酗酒、同性恋，"繁花似锦的栗子树下一个带着玩具熊的青年"，最后穷愁潦倒、邋里邋遢，在突尼斯的一家修道院中当了守门人。

朱莉娅比同年龄的姑娘们更为光彩照人、血统纯粹、风度优雅，但是她的天主教信仰使她不可能与信奉新教的皇室攀亲，同时父亲的丑闻也算一个污点，影响她的结婚前景。她被来自加拿大的政客雷克斯所打动，可是雷克斯本人不是天主教徒，而且他过去结过婚，根据天主教的苛刻规定，他依然被第一个婚姻所束缚。出于叛逆心态，朱莉娅违拗母亲的意愿嫁给了他，婚后却发现雷克斯根本没有心肝，与前情人藕断丝连。朱莉娅几乎精神崩溃，生活从此蒙上阴影。在打击之下，她从"半个异教徒"向"整个教徒"演化，虽然与查尔斯的重逢使她陷入爱情，可是又时刻感受到宗教无形而牢固的束缚。

科迪莉娅是马奇梅因家族的孩子中最真诚可爱的一个。她深受天主教文化熏陶，从小在修道院办的学校中长大，性情开朗，天真未失，哥哥讽刺她"为她的猪连续做过九天祷告"。母亲辞世后她进了修道院，后来加入战地救护队，还在战俘营中帮过忙。逐渐成长为一个不美的、粗糙的老处女，"由于习惯了大苦大难而没了优美快乐的表情"。可贵的是，她对家人和朋友始终满怀善意和理解，是她安排了塞巴斯蒂安在突尼斯的生活，是她看护照料临终的老父，也是她对查尔斯与朱莉娅的爱情表达了理解。

如果按照查尔斯那不可知论者的逻辑来看待这一家的遭遇，那就只是渎神的记忆了：天主教的婚姻制度毁了马奇梅因夫妇、断送了朱莉娅的幸福，天主教家庭的伪善使塞巴斯蒂安远走天涯，天主教孕育出布赖兹赫德那样的"木头"，天主教的禁欲制度使科迪莉娅失去了做一个普通女人的愿望……

可是,《旧地重游》它还有别的,有渎神的记忆,也有神圣的记忆。

铺垫部分来自科迪莉娅,对于查尔斯不理解的事情,虔诚的科迪莉娅却解释得条条是道。在她看来,塞巴斯蒂安是得到神召的人——"如果没有神召,不管你多么向往也没用;如果得到神召,你就怎么也摆脱不了,不管你多么憎恨它。我过去常常觉得塞巴斯蒂安得到神召,而且恨神召……"天主教喜欢那个浪子回头的故事,而且根据天主教教义,受苦受难是走向神圣的必由之路。科迪莉娅说:"我曾经见过像他这样的人,我相信他们更接近上帝,而且更爱上帝。他们的生活会半是超群出世,半是涉足红尘",一句话,"不受苦就不能成圣。"

转折部分来自马奇梅因侯爵临终前的那一幕。经过多年自我放逐,马奇梅因重归故土,等待死亡的来临。朱莉娅等人谋划着找神父来进行最后的忏悔和涂油仪式,查尔斯意见相左,他认为这一仪式荒唐得很,甚至马奇梅因的多年情人卡拉,都认为侯爵不会向上帝妥协。可是,奇迹发生了,马奇梅因,这个"一生嘲弄天主教的人",自己在胸前画了表示悔罪的十字。神父说:"魔鬼抵抗到最后一刻,然而神恩对他是浩荡无边的。"正是受此"启迪",朱莉娅决心离开查尔斯,因为她觉得与查尔斯的结合在上帝面前将是"不可饶恕的",而她"不能拒绝上帝的慈悲"。在被朱莉娅拒绝的这一刻,查尔斯表示:"我的确理解"。

对于没有基督教信仰的读者来说,这种理解也许很难理解,但是考虑到宗教本身总是将一般逻辑颠覆,没有善也就没有恶,上帝都容忍撒旦的存在,也就没有什么不可以理解了。最终,"天恩眷顾各种不同而又密切联系着的人物",朱莉娅和科迪莉娅在前线当护士,查尔斯旧地重游,来到马奇梅因夫人的小教堂,在重新燃起的祭坛灯前"念了一句祈祷文,那是一句古老的、新学来的祈祷词。"到此,不可知论者并不是无神论者。一切圆满了,阿门。

多年以前,马奇梅因夫人为大家读过一段文字:"布朗神父说,我抓住了他,用的是一个看不见的钩子,还有一条看不见的长线,那条线长得足够让他游荡到天涯海角,但是猛拉这条线,就能把他拉回来。上帝不会让他们走开很久的。"看完了《旧地重游》,还是扭头去看看自己的领子吧,有没有钩子呢?

补记：在英国这个新教国家，天主教徒是极少数派，20世纪之后天主教小说家更是鲜见。在伊夫林·沃之后，有大众影响的也就要数戴维·洛奇了。洛奇写《大英博物馆在倒塌》《天堂消息》《你到底能走多远》等宗教主题的小说，虽然书中人有着苦恼和困惑，可是毕竟作者自身的态度是诚实的。伊夫林·沃则有不同，他油滑得多，尽管他于1930年重新皈依天主教，但是我总怀疑，伊夫林·沃接受"天主教小说家"称号，多少有些顺水推舟——二战之后，当一名保守的天主教徒可是很小众很拉风的事情。至于他那七分渎神三分敬神的写法到底是不是天主教徒的做派，还是由专家判断吧。

除了红楼,还有毛姆

一个标准"张迷"的自我修养,是阅读她全部著作,了解各种版本,懂得《海上花》编剧第一位列着朱天文的突兀,知晓常德公寓没法参观但楼下的书店值得一去,能够如数家珍地背诵"爱憎表"——"最怕:死;最恨:有天才的女人太早结婚;最喜欢:爱德华八世;最喜欢吃:叉烧炒饭",对她死后才问世的自传性小说《小团圆》《雷峰塔》和《易经》心情复杂。到得今年,这个标准"张迷"很伤心地觉得马思纯的葛薇龙不太灵光,还有,在她诞辰一百周年的大日子,应当写两三千字小文章。写什么呢?也只有爱屋及乌,哪怕隔壁中文系的投来异样的眼神,还是要硬着头皮打下这行字:"她弟弟说她:'她比较还是喜欢看小说,《红楼梦》跟 Somerset Maugham 写的东西她顶爱看'"。

张爱玲对《红楼梦》的痴爱,有目共睹。八岁始读红楼,以后三四年重读一次,从不中断,熟悉到"不同的本子不用留神看，稍微眼生点的字自会蹦出来"。靠这种熟稔，她1969年写《红楼梦未完》，1973年写《初详红楼梦》，1975年写《二详红楼梦》，1976年写《三详红楼梦》，然后四详、五详，直到1977年《红楼梦魇》在台湾皇冠出版社出版。张爱玲一生的巅峰，是在23岁到25岁，天才像一场火山喷发，光芒万丈；而知天命的十年时光，则是一泓深不可测的火山湖，她在红楼大梦里沉溺。"十年一觉迷考据，赢得红楼梦魇名"，"梦魇"是个坚硬的词——被压住的心悸、惊恐与不能动弹，在我们家乡，有个相仿佛的用语，叫"魇怔"。比较版本、爬梳考据，外人看起来枯燥无味，她甘之如饴，非有厚爱做不到，非得真趣也做不到。

王德威认为，张爱玲晚期风格是"重复、回旋、衍生"，所言不谬。在十年参详《红楼梦》的同时，她也在翻译注释《海上花》，《海上花》耗时更久，几达二十年。张爱玲在《红楼梦魇》里考证出曹雪芹反复增删、斟酌推敲，不是一向被认为的十年，而是在悼红轩里一写二十年，她自己的后期写作亦复如是。在《红楼梦》与《海上花》之外，她不断写和改写自传性作品，也不断翻译改写曾经写过的小说。从中文到英文，从英文再到中文，据说《金锁记》她用两种语言写了至少六遍。一个天才，又是这样勤奋，也是得了曹侯的真谛。至于说《红楼梦》对张爱玲创作的影响，乃至将《金锁记》与《红楼梦》比较起来看，那真是个太热门的题目，不宜展开了。

可是，我总觉得哪里隐隐不对。《红楼梦》与《海上花》所惯用的草蛇灰线手法，张爱玲明察秋毫，分析起来头头是道，可是自己笔下并不应用。《红楼梦》用情之深，还有佛道一路的空观，皆不是她在意的地方。若说同调，大约只在悲观与细节上。她在《中国人的宗教》一文里写道："中国文学是弥漫着大的悲哀。只是在物质细节上它得到欢娱——因此《金瓶梅》《红楼梦》仔仔细细开出整桌的菜单，毫无倦意，不为什么，就因为喜欢——细节往往是和美畅快、引人入胜的，而主题永远是悲观的。一切对人生的笼统观察都指向虚无。"她化用《红楼梦》的语言、在物质细节上投以过度关注、葱绿配桃红的参差对照写法，我以为，这种相似不过是皮相上的相似。第一，"悒郁的紫色的缎子屏风上，织金云朵的一只鸟，年深日久了，羽毛暗了，霉了，给虫蛀了，死也还死在屏风上"。

细节杂了意象的金线，这样的语言，曹侯写不出。第二，对于人性的渊深她敢于揭开看，相形于《红楼梦》《海上花》那花团锦簇后的算计、背叛与不堪，倒是与张爱玲笔下世界暗通款曲。

十年的红楼考证，我想，有一个关劫可能是理解张爱玲的钥匙。当她年轻时读红楼，看到胡适的一篇考证文章，提及根据某"旧时真本"，宝玉当了更夫，湘云做了乞丐，二人雪夜重逢，结为夫妇，"看了真是石破天惊，云垂海立，永远不能忘记"。在《红楼梦魇》里，她果真考察了十种脂砚本和程高本之外的本子，认为宝云二人"寒冬噎酸虀，雪夜围破毡"，总好过宝玉遁入空门的结局，"因为此本结局虽惨，到底有人间味"。即便是山穷水尽，依然要坚持到底。张爱玲爱着她"参详"出的这个安排，即便海棠无香，即便鲥鱼多刺，即便人间不值得，不能躲，不能死。

"人生是一袭华美的袍，爬满了蚤子。"这是张爱玲最著名的语录了吧。一语成谶。或者如香港浸会大学林幸谦认为的，《天才梦》里出现的蚤子意象，可能是张爱玲遭遇蚤患的最初记录。到1984年，受蚤子困扰，她连头发也剃了，每日洗头，穿塑料衣服，再脱扔掉，茶饭无心，三天换一个汽车旅馆。从1985年水晶发表《张爱玲病了》，宋淇与夏志清关于她可能罹患心理或精神疾病的说法就开始流传。真相到底如何，实无定论，总之在她晚年生活中，虫患占据重要位置，令她不断迁徙、不断扔东西、离群索居。在她给宋淇夫妇的最后一封信中，说小虫钻进眼睛，要每天照射二十三小时日光灯，还要不停冲洗，寝食难安。尽管如此，她未曾舍弃生命。晚年的张爱玲，瘦骨嶙峋，戴着假发，穿便于扔掉的衣服，仍然在一堆纸箱上改着自传性的《小团圆》。

或许是被虫患摧折太甚，以《小团圆》为代表的晚期创作，竟是要把虫子从皮肤下挖出去的那种狠法，有自我攻击的意思。她笔下的文学人物，果然是在这里团圆了，白流苏、葛薇龙、许小寒、郑川嫦、王佳芝、曹七巧，一个个人物原来都是有所本的，来自她父系母系或友朋圈中。流言实则本就流言，传奇只因为本就传奇。喜欢追看八卦的读者一看便知，现实人物也是在这里团圆了，蕊秋对应着母亲，楚娣对应着姑姑，九林对应着弟弟，比比对应着炎樱，文姬对应着苏青，邵之雍即胡兰成，燕山就是桑弧，荀桦乃是柯灵，虞克潜便是沈启无，向璟该是邵洵美。不仅如此，姑姑与她不过尔尔，炎樱与她不过尔尔，苏青淡到可有可无，父亲是暴戾无用的，弟弟是无能懦弱的，男人是靠不住的，仆佣是算计人的，时代是乱世，梦是噩梦，她一身孑然，不能不算计、孤寒、自保和提防。"怎么一个个都这么难看的？"这种不留温情、鲜血淋漓的写法，使九莉和背后的张爱玲一并都不好看了。那又怎样？如那张标准像上的姿态，她昂着头，拧着劲儿。

所以，是不是该重新考虑下毛姆这一边？1943年春天，张爱玲从香港辍学回到上海，带着《沉香屑》去拜见《紫罗兰》主编周瘦鹃，周瘦鹃挑灯夜读，一壁读，一壁击节，立即辨识出："它的风格很像英国名作家Somerset Maughm的作品，而又受一些《红楼梦》的影响。"一周后，张爱玲再度登门，面对周瘦鹃的询问，她心悦诚服地承认，她正是毛姆作品的爱好者，而《红楼梦》也是喜欢读的。她在港大读书时的老师贝查，极喜欢毛姆，曾极力鼓励她多读毛姆。弟弟张子静也回忆说："她还介绍我看毛姆和欧·亨利的小说，要我留心学习他们的写作方法。"80年代，她从朋友处"收到毛姆传，喜从天降，连照片都精彩，张张看了又看。"

一般的比较文学研究，直陈张爱玲与毛姆的共同之处：曾经显赫后又没落的家世，缺爱的少年时代，懂得人情世故里的炎凉、又敏感孤独冷漠，不太相信理想，也不太在乎道德。从创作主题上看，自私、虚伪、欲望与金钱，轮流回转，在在处处。他们一西一东、一男一女两个作家，对人的看法是类似的：撩开温情的面纱，移走道德的屏风，其实坏人坏不到雷劈，好人也好不到旌表。于是他们以旁观者姿态写人物，不粉饰，不造作，嘴角一撇淡定而微讽的笑。

这种俏皮，首先是善于设置"反高潮"。张爱玲说，"我喜欢反高潮——艳异空气的制造与突然的跌落，可以觉得传奇里的人性呱呱啼叫起来。"情节的突然转折，让读者猝不及防，一方面避免了跌入俗套，另一方面又让读者因这种"落差"而起飞思想、重新思考。比如《五四遗事》中的罗文涛，高调追求婚姻自由，经过旷日持久的斗争，最后与三位娇妻在湖上"偕隐"，"关起门来就是一桌麻将"。《封锁》里的两个人在临时停滞的时空里互诉衷肠，险些谈婚论嫁，封锁解除，马上回归常态。反高潮乃是故事的戏剧性所在，也是作家的功力所在。

这种俏皮，又体现为英式的调侃，毒舌而口灿莲花，刻薄亦入木三分，会意者只有折服的份儿。她写《花凋》中的郑先生，"是个遗少，因为不承认民国，自从民国纪元起就没长过岁数。""可是郑先生究竟是个带点名士派的人，看得开，有钱的时候在外面生孩子，没钱的时候在家里生孩子。"在中国现代文学史上，能与张爱玲比拼妙语连珠的，恐怕也只有钱锺书了。毛姆当然也毒舌，可是水平尚不如萧伯纳。萧伯纳是继王尔德之后最擅长此道的英国人。有趣的是，张爱玲13岁看的第一本西洋小说，是萧伯纳的，并非毛姆。她在文中提及萧伯纳的次数也较毛姆为多。有一次，她这样引用："有个西方作家（是萧伯纳吗？）曾经抱怨过，多数女人选择丈夫远不及选择帽子一般的聚精会神，慎重考虑。再没有心肝的女子说起她'去年那件织锦缎夹袍'的时候，也是一往情深的。"荡开一下，这里有张氏反高潮俏皮的一个范本："九岁时，我踌躇着不知道应当选择音乐或美术作我终身的事业。看了一张描写穷困的画家的影片后，我哭了一场，决定做一个钢琴家，在富丽堂皇的音乐厅里演奏"。

张爱玲本人对毛姆的多次提及，是欣赏他写"异域"的那种眼光。特别是在《浮花浪蕊》里非常集中："南中国海上的货轮，古怪的货船乘客，二三十年代的气氛，以至于那恭顺的老西崽——这是毛姆的国土。出了大陆，怎么走进毛姆的领域？有怪异之感。""想必内中有一段故事，毛姆全集里漏掉的一篇。""这故事仿佛含有一个教训，不像毛姆的手笔，时代背景也不同了。""她喜欢这一段真空管的生活。就连吃饭——终于尝到毛姆所说的马来英国菜"。事实上，张爱玲本人也是擅于写"异域"的，以一种陌生化的目光将中国异域化。外国人对此理解尤深，《二十世纪》报主编梅奈特说："与她不少中国同胞差异之处，在于她从不将中国的事物视为理所当然，正由于她对自己的民族有深邃的好奇，使她有能力向外国人诠释中国人。"

我们经常会忘记张爱玲对英国、英语、英国货、英国文化的恋慕和亲近，如果暂时抛开狭隘民族主义，越过毛姆和萧伯纳，向更深更远处看去，张爱玲披着中式的奇装异服，刻薄的、自伤的、爱财的、自己搂着自己肩膀自说自话，那种孤傲、坦率、自嘲、我们眼中的另类，也许，合该是他们的"妹妹"。

"国际张"，爱玲不朽！

纳博科夫的"残酷"与"美感喜乐"

纳博科夫屡屡拿自己的"蝶类专家"身份说事儿,所以 1970 年冬天美西北大学为庆祝他的七十大寿,特别选择蝴蝶作为特刊的装饰图案。纳博科夫表示理解:"蝴蝶是本书考虑最周全最感人的方面之一",但他改不了臭脾气,还是针对其中的一幅蝴蝶照片发表了公开声明:"Nymphalidae 只是它的科名,而不是它的属种(它属于 Vanessa 种)。"纳博科夫的"眼睛里不容沙子",由此可见一斑。

往好的方面理解,纳博科夫是一个勇敢的人、一个有原则的人、一个脱离了低级趣味的人。看他晚年恃才傲物、睥睨群雄、大鸣大放,旁观者难免有种慌乱和欣喜杂糅的心情,类似于听见小孩子大喊皇帝没穿衣服。纳博科夫把这组访谈性文章取名为"Strong Opinions",潘小松译为"固执己见",译得真好。根据纳博科夫的个人意见,巴尔扎克、高尔基、托马斯·曼写的都是"观念文学";

陀思妥耶夫斯基是个"廉价的感官刺激小说家，又笨拙又丑陋"；海明威和康拉德是"为小子们写书的作家""在精神和情感上不可救药地幼稚"；加缪、卡赞扎基斯、劳伦斯、托马斯·伍尔夫都是"二流作家、短命作家"；高尔斯华绥、德莱塞、泰戈尔、罗曼·罗兰、帕斯捷尔纳克和福克纳"好笑"而"荒唐"；庞德是个伪君子，弗洛伊德干脆就是个走江湖卖假药的……像纳博科夫这样的人，在布尔乔亚们看来，一般不是天才就是疯子。不过纳博科夫并不是只破不立，也有他喜欢的作家：威尔斯、勃朗宁、济慈、福楼拜、魏尔伦、兰波、契诃夫、托尔斯泰、亚历山大·布洛克、柏格森、乔伊斯、普鲁斯特、普希金。这里面，写《时间机器》的英国作家威尔斯位居第一，无他，威尔斯有"想象力"。

注意，一向认真的纳博科夫可不是那种随便说说、哗众取宠的人。那么纳博科夫老师的评分标准是什么？答案：纳博科夫的脊椎。

20世纪50年代，在康奈尔大学教文学的时候，纳博科夫反复叮嘱学生："虽然读书时用的是头脑，可真正领略艺术带来的欣悦的部位却在两块肩胛骨之间。可以肯定地说,那背脊的微微震颤是人类发展纯艺术、纯科学过程中所达到的最高的情感宣泄形式。让我们崇拜自己的脊椎和脊椎的兴奋吧。"(《文学讲稿》)让纳博科夫的脊椎"微微震颤"的除了文学还有蝴蝶,他诗意地描述:"无时间性的最高乐趣——在一片随意挑选的风景里——是在我置身于罕见的蝴蝶和它们食用的植物中间之际。这是迷醉,而在迷醉背后是什么,难以解释。它们如同一片瞬息即逝的真空,我所爱的一切疾驰而入。一种与太阳和石头浑然为一之感。一种感恩的震颤……"(《说吧,记忆》)这也就可以解释纳博科夫为什么能把文学和蝴蝶这风马牛不相干的两桩事情搅和到一起了,说白了,二者都能带给他某种"high"的感觉。

按照"纳氏"理论,读书和逮蝴蝶时所体验到的这种"震颤"有个名目,唤作"美感的喜乐"(aesthetic bliss),按照牛津词典的翻译,"bliss"意为"洪福""极乐",比"high"多了点神圣意味,有点"上帝选民"的气息了。纳博科夫以此作为衡量艺术作品的绝对标尺,他声称:"在我看来,一部虚构的作品得以存在,仅仅在于它向我提供了我直截了当地称为'美感的喜乐'的东西,这种东西不知起于何因、来自何处,并与其他的艺术常规(好奇性、敏感性、亲切性、狂喜性)发生关联。"(《谈谈一部名叫〈洛丽塔〉的书》)

进一步,蝴蝶和文学中的什么东西能让纳博科夫体会到"美感的喜乐"呢?细节,经过想象力加工的人造细节。纳博科夫说:"在高雅艺术和纯科学中,细节就是一切。"

作为蝶类学家,纳博科夫对鳞翅目动物的细节,特别是有想象力的细节深感兴趣——"当某一只飞蛾在外形与颜色上与某一只黄蜂相像时,它行走和摆动触角也是一种暴躁的、与飞蛾不同的样子。当一只蝴蝶不得不像一片树叶时,不但一片树叶的所有细部都被美丽地呈现出来,而且还慷慨奉送摹仿蛆虫所钻的洞孔的斑点。"他承认:"我在自然之中找到了我在艺术中寻求的非功利的快乐。两者都是魔法的一种形式,两者都是一个奥妙的巫术与欺骗的游戏。"

就像在显微镜下观察蝴蝶一般,纳博科夫以科学家的一丝不苟细读文学作品,从中发现作者的巫术、文本的游戏,还有细节中的"美感的喜乐"。他果然是一个目光锐利的大师,在经典作品中发掘出了无数读者从未注意过的问题，比如，《荒凉山庄》里的"浓雾"主题，《包法利夫人》里"农业展览会"一节的"多声部配合法"，《追忆逝水年华》里"比喻里还层层套着比喻"的特点，《尤利西斯》中时间与人物行动的同步性和精确性。更有甚者，他在课堂上为学生绘制《尤利西斯》里的都柏林地图，《安娜·卡列尼娜》里俄国火车包厢的细节图，《变形记》里的公寓平面图。他指出：《尤利西斯》里有一个神秘的"穿棕色雨衣的人"，那其实正是乔伊斯自己；而《变形记》里的格列高尔，是"甲虫"而非"蟑螂"或"屎壳郎"；至于《外套》的结尾，那个大拳头大胡子的幽灵，不是可怜的小人物亚卡基，而正是当初抢走亚卡基外套的人……据信福楼拜说过："善良的上帝在细节中"，那么纳博科夫会把这个句子扩展：优秀的作家在细节中，优秀的读者也在细节中。

　　纳博科夫对学生的"苛刻"是有名的，上课的时候——"座位都已经派了号，不再更换。不准说话，不准吸烟，不准编织，不准读报，也不要睡觉，看在上帝的分上，请记笔记。"考试的时候——"一副清醒的头脑，一份试卷，加上墨水和思考，简写熟悉的姓名，例如包法利夫人。不要用修辞掩饰无知。除非有医生的证明，否则任何人也不得上厕所。"同样，唯恐读者不能体会细节里的微妙之处，纳博科夫对优秀读者的要求也是蛮高的——"一个优秀读者应该有想象力、有记性、有字典、还要有一些艺术感"。可惜的是，读过《洛丽塔》的人数以百万计，但是人们对细节的关注远远达不到纳博科夫的标准，于是，在著名的《洛丽塔·后记》里，纳博科夫忍不住要向读者提示"小说里的神经、秘密的要点、全书情节的隐形架构"，而这都是些什么样的"要点"啊："塔科索维奇先生、兰姆斯戴尔学校的班级名单，夏洛特的话'防水的'，洛丽塔缓缓地朝亨伯特的礼物移动，加斯顿·戈丁的风格化的阁楼里装饰用的画，卡思边的理发师（他花了我一个月的工作时间）……"对于一般读者，这些都是阅读时一带而过，甚至跳跃而过的无聊琐碎之处。多少年过去了，即便是专门研究者也对此一笑置之，偏偏有人当真了，从一点深挖下去，挖出一个别样的纳博科夫，此人非同小可，乃是当今赫赫有名的哲学家：理查德·罗蒂。而罗蒂下手的这个细节就是"卡思边的理发师"，虽然"卡思边的理发师"在《洛丽塔》里只出现在一个句子中。

　　简略而言，罗蒂发现的是纳博科夫对待"残酷"的复杂态度。自觉或不自觉的,普通人总是将真善美割裂开来,因为这里有一个鱼和熊掌的问题,也就是谁更"优先"的问题。而无论哪种处理方式,似乎都免不了造成残酷。唯真主义者,容易以为自己真理在握,也容易强迫别人接受这个真理,容易让别人为这个真理付出代价,将虚幻的荣光寄托在现世的牺牲上,所以理想主义者对于他人,有一种特殊的残酷。唯善主义者,容易和出一堆博爱的稀泥,你好我好大家好,因为不敢面对人性的邪恶,未免会当上东郭先生,有时候换个招牌叫作"正义"啊"平等"啊什么的,又太容易被人窃取,最后不仅吃亏,弄不好还落个伪善的帽子,对人对己,又何尝不残酷。唯美主义者,容易让人想起"为艺术而艺术"或者"要玫瑰不要大白菜"的宣言,功利主义者会说:美是要有物质基础的;讲人权的会说:西施对东施——那是社会歧视;再者说,"任是无情也动人"的美,是很容易伤害到善的,没见法文歌剧版《巴黎圣母院》里卡西莫多肝肠寸断地唱:"你会爱我吗,艾斯梅拉达?"令天下丑男鼻酸。这么综合起来看,好像该把罗兰夫人的名言改改了——真善美,世间有多少残酷假汝手而行!

罗蒂借纳博科夫主要是想解决"美所造成的特殊的残酷"。关于这种善/美二元论的老问题，专业点儿的手法是回到古希腊，搞哲学出身的罗蒂当然训练有素。他指出，在纳博科夫看来，"美好"或"善"（goodness）具有非理性的具体性，必须以想象力才能掌握，无法通过理智达成——纳博科夫举例说，美好或善就是某种"圆圆的、柔滑似乳、散发美丽红晕的东西，藏在干净的围兜中，还有一双抚育我们、安慰我们的温暖手臂"。罗蒂说，纳博科夫这是颠倒了柏拉图对"想象力"和"理性"的区分，认为想象力才是道德认知的机能。罗蒂还说，纳博科夫将柏拉图式的反时间主义和反柏拉图的感官主义揉成了一个怪异的、不一致的混合体。最关键的是罗蒂想说，纳博科夫的小说其实是反对纳博科夫的美学的。

罗蒂指出："追求美感喜乐的人可能会犯一种特殊的残酷，情感敏锐的人可能杀人，善于美感喜乐的人可能残酷，诗人可能毫无怜悯之心。"而"纳博科夫由'内在'描写残酷，让我们亲睹私人对美感喜乐的追求如何造成残酷。"——听起来很复杂，简单点儿就是："纳博科夫"反对"亨伯特·亨伯特"。亨伯特为了自己那个"天空充满地狱火的乐园"，也就是为了自己的"美感的喜乐"，残酷地牺牲了洛丽塔的美好童年。尽管他写了忏悔录，并希望通过自己的写作让洛丽塔"活在后世人们的心中"，但是洛丽塔的现世生活，却是永远无法弥补了。亨伯特怎么也算搞比较文学的吧，相信生命短暂而文学不朽，所以在最后写道："我正想着欧洲野牛与天使，永恒色彩的秘密，先知般的十四行诗，以及艺术的慰藉。这是你与我能够共享的唯一的不朽，我的洛丽塔。"从某种程度上说，亨伯特很像是纳博科夫美感主义的信徒，不幸的是，他是一个唯美主义的罪犯。要是普通读者没有注意到那个一笔带过的"卡思边的理发师"、没有注意到作家本身反对"残酷的冷漠"、没有注意到纳博科夫的反讽风格，My God，人们多么容易把亨伯特看作是纳博科夫的另一幅面孔。罗蒂对"卡思边的理发师"的读解，其实是将纳博科夫从亨伯特的面具下拯救了出来。在罗蒂为纳博科夫所贴的新标签上写着：他提倡美感主义，但是他也反对残酷。

　　罗蒂之所以煞费苦心地拯救道德者纳博科夫，乃是因为纳博科夫很像罗蒂乌托邦中的人物："自由主义的反讽主义者"（liberal ironist）。这类人物首先应该是自由主义的，这里的"自由主义"除了坚持自由民主社会的基本价值外，还需套用朱迪斯·史克拉尔（Judith Shklar）的解释，那就是相信"残酷是我们所做作为的最糟糕的事"，希望人类的苦难终究会减少，人与人之间的侮辱终究会停止。这类人物还必须是反讽主义的，也就是打倒柏拉图、回到苏格拉底，摆脱形而上学、终极意义、所有带"元"字的东西。这类人物如果还是诗人，那就更好了，柏拉图要把诗人逐出理想国，罗蒂要请他们回来当未来世界的顶梁柱，罗蒂认为，人类团结不能靠理论探讨，而必须靠想象力，也就是把陌生人想象为与自己处境类似、休戚与共的人物，然后达成理解，走向宽容，这样一来，文学艺术就俨然成了"道德变迁与进步的主要媒介"。综合考评结果，纳博科夫有想象力、是诗人、多年以来在反讽方面一直是一面旗帜，现在又考察出"并不残酷"，完全可以发证上岗、传播文学救世的福音了。

不过，借几分"自由主义的反讽主义者"之鼻祖苏格拉底的精神，且让我们问罗蒂一句："卡思边的理发师"真的只有唯一解释吗？《洛丽塔》真的是一部春秋笔法的反对残酷的道德故事吗？还有，纳博科夫真的那么关注残酷吗？总觉得，纳博科夫的标签更确切一点应该是：他反对残酷，但是他也（更）提倡美感主义。记得纳博科夫有一个精彩的比喻："对冲进大火救出邻家孩子的英雄，我脱帽致敬；而如果他还冒险花五秒钟找寻并连带孩子一起救出他心爱的玩具，我就要握握他的手了。"

说到残酷问题，罗蒂没有提到纳博科夫的文学批评著作《〈堂吉诃德〉讲稿》，其实这倒是理解纳博科夫的一个窗口。据说1952年纳博科夫在哈佛大学纪念堂讲授《堂吉诃德》时，当着六百名学生的面，"撕毁"了这本"残酷、粗俗的书"，更不承认它是"世上最伟大的小说"。这种反对有两个层次：首先，纳博科夫对塞万提斯的结构、语言和技巧深为不满，因为纳博科夫的脊椎感受不到美感的喜乐。其次，纳博科夫更不满的地方是塞万提斯对堂吉诃德的"残酷"，也就是塞万提斯对堂吉诃德所遭受的痛苦津津乐道、大加渲染、毫无怜悯之情。不过，后者并不能证明纳博科夫的道德心肠（自然，纳博科夫不是反人类的作家，他反对残酷乃是普遍水准的）。他说塞万提斯"残酷"其实大有深意。我们当会发现，纳博科夫反对《堂吉诃德》、反对塞万提斯，但不反对堂吉诃德！他喜欢堂吉诃德，不是因为堂吉诃德行侠仗义的道义力量，而是在于"另一个方面"——诗人气质、惊人的想象力。在某种意义上，堂吉诃德与纳博科夫血脉相连——他们都是梦想家，驰骋在想象的国土；他们都是偏执狂，坚守在臆想的世界。而塞万提斯对堂吉诃德残酷，也就是对纳博科夫的残酷、对真正诗人的残酷。纳博科夫的不满，在此。

不难看到，在纳博科夫笔下，主人公都是"否定性的堂吉诃德"，也就是说，他们和堂吉诃德一样执著于自己想象出来的天堂，一样在流浪的旅途中往返奔波；只不过，堂吉诃德向公共领域发出一次次挑战，而纳博科夫式的主人公们则一次次退回私人的精神空间。这些"流浪者"实际具有"边缘人"与"艺术家"的多重身份。他们是"边缘人"，因为他们远离主流价值观念、道德传统、庸常之见；他们是"艺术家"，因为他们渴望在回忆、爱情、棋术、电影、妄想之中虚构出另一重世界。纳博科夫的主人公们拒绝现在，他们或者戏对人生，期望用自己的方式去颠覆这个寻常的世界，哪怕这种幽默不过是黑色幽默；或者逃避现实，渴望在幻想和回忆中营造自己的时间之塔，哪怕这种坚持不过是绝望的坚持。纳博科夫在《文学艺术与常识》一文里说:"我想象得出我的年轻的梦想家们,上千成万地浪迹在地球上,在肉体的危险、苦痛、尘雾、死亡、最黑暗却又最斑斓的岁月里,保持着同样非理性和神圣的标准。这些非理性标准意味着什么呢?它们意味着细节优越于概括,是比整体更为生动的部分,是那种小东西,只有一个人凝视它,用友善的灵魂的点头招呼它,而他周围的人则被某种共同的刺激驱向别的共同的目标。"

罗蒂的雄心之一是解决"公共的正义"与"私人的完美"这种由来已久的对立。他找到的是一个最低限度的统合,也就是把正义的社会看作容许所有公民都能按照自己的理想进行自我创造的社会,只要他们彼此不伤害对方、优势者不占用劣势者维持自我基本生存和自我创造所需要的资源。当然,如果纳博科夫不残酷,罗蒂的乌托邦就大功告成了。那么,如果不牺牲洛丽塔,还有亨伯特的故事吗?如果《洛丽塔》是道德寓意小说,何以纳博科夫自己宣布"《洛丽塔》没有任何道德讯息"?从叙事伦理上说,由于小说的视角是亨伯特的,读者自然会被亨伯特的具体境遇牵着走,有人同情他也是很自然的事。再进一步,既然阅读并没有唯一的阐释，也就说明不只有一个亨伯特形象，大家如果没有看到罗蒂看到的，只看到了自己所看到的，那又怎么样呢？

文学总是给哲学出难题，因为文学是细节化的、是个别的，而哲学是笼统的、概括的，文学里的个别，无法累加出哲学里的一般。其实不必在道德上拔高纳博科夫，也不必讲什么"文学的兴趣将会永远依赖着道德的兴趣"，有一点罗蒂已经说对了：文学的社会性功用在于促成理解。至于残酷，在人类还没有能力解决这个复杂问题的时候，又何必要求文学担负大任？纳博科夫的脊椎骨对巴尔扎克没有反应，并不是说所有人的脊椎骨都对巴尔扎克没有反应。纳博科夫写了一个亨伯特，并不是每个读者读了都会变成亨伯特。真正的自由世界应该很广大，容得下巴尔扎克的后代，也容得下纳博科夫的徒子徒孙，即便后者宣布："风格和结构是一部书的精华，伟大的思想不过是无聊的废话"。

合上书，我痛下决心，当我码自己的大白菜的时候，不再劝邻居放弃玫瑰花了。

女作家的狗缪斯

20世纪初年,勃兰兑斯在写作《19世纪文学主流》时,将有关英国的一卷命名为"英国的自然主义",强调英国作家对大自然的观察、爱好和崇拜,这里包括"对高级动物的喜爱以及他们对一般动物世界的熟悉。"1821年拜伦离开拉文纳时,随身携带着"七个仆人、五辆马车、九匹马、一只猴子、一头猎犬、一头猛犬、两只猫、三只珍珠鸡以及其他禽鸟。"而司各特迁居厄博斯福庄园时,浩浩荡荡的队伍里也包含有一窝火鸡、马、母牛、猎犬和哈巴狗。这两位大作家都曾为自己的爱犬竖立墓碑、吟诗撰文,勃兰兑斯认为可算是英国作家甘为"狗迷"的明证。

2007年,英国女教授莫琳·亚当斯发表《蓬发缪斯:给予弗吉尼亚·伍尔芙、艾米丽·狄更森、伊丽莎白·巴雷特·勃朗宁、伊迪丝·沃顿、艾米丽·勃朗特以灵感的狗》,将英美系著名女作家与狗的故事一一历数,既妙趣横生又情真意切。自然,莫琳自己也是资深狗迷,她与她的两只狗的合影，在亚马逊网站的作者介绍一栏里分外醒目。

《蓬发缪斯》的初版封面，用了一张照片，是英国女作家弗吉尼亚·伍尔芙和她的宠物狗"平卡"在自家花园里。值得注意的是，就是这个平卡，出现于1933年《阿弗小传》的封面上，以"代言"传主阿弗——阿弗是另一位英国女作家勃朗宁夫人的爱犬。从种属上说，平卡与阿弗都是西班尼尔柯卡犬，有着相似的性格特征和行为方式，而同种的狗拉近了同类的狗主人，伍尔芙通过《阿弗小传》写勃朗宁夫人与阿弗的故事，既是女作家对女作家的委婉致意，又何尝没有狗迷对狗迷的惺惺相惜。

《阿弗小传》是伍尔芙作品中的一个异数，完全不同于她那些严肃的现代主义意识流小说，写得诙谐生动，浅显易懂。《阿弗小传》也是文学史上的一个另类，为狗立传，人眼看狗、狗眼看人，角度特别，令人拍案叫绝。《阿弗小传》更是狗迷们的心头所好，以狗为媒，读者得以分享两位女作家与狗的深情厚谊，时而含笑、时而带泪、永远有所会心。

（一）伍尔芙与平卡

伍尔芙出生于中产之家。父亲莱斯利·史蒂芬爵士是当时知名的编辑、评论家和传记作者，母亲茱莉亚·杰克逊出身于名门望族，是位绝色佳人，曾经为拉斐尔前派画家爱德华·波恩-琼斯当模特。

斯蒂芬爵士在文学圈交游广阔，他的临近海德公园的家是文人墨客聚集的地方。在这样的氛围下成长，弗吉尼亚自幼便表现出对于文学的兴趣，她5岁可以写信，少年时充分利用了父亲那收藏丰富的家庭图书馆。不过由于父亲的执拗，所有的兄弟皆可以上学，但是弗吉尼亚和姐妹们只能在家中接受教育。

弗吉尼亚从父亲那里继承了才具，从母亲那里继承了美貌，可惜的是，她同时也继承了家族中遗传的疯癫。弗吉尼亚一生中经历了四次精神崩溃，1941年最后一次精神崩溃，她怀揣石头走入河中，告别了自己的生命。

1912年，30岁的弗吉尼亚与左倾评论家伦纳德·伍尔芙结婚。很多人认为，成为伍尔芙夫人是弗吉尼亚毕生最明智的决定。的确，伦纳德·伍尔芙欣赏弗吉尼亚的才情与智慧，对妻子厌恶性行为、不愿生育、将自己密闭在房间里写作的生活方式极为宽容，二人相敬如宾地生活了29年。尤为重要的是，为了满足妻子的爱好与出版需求，伦纳德于1917年创办了霍加斯出版社，这个出版社不仅是夫妻二人的收入来源，而且因出版凯瑟琳·曼斯菲尔德、E. M. 福斯特、艾略特和弗洛伊德等人的作品，而与弗吉尼亚姐妹创办的"布卢姆斯伯里集团"共享现代主义文学摇篮的盛誉。

霍加斯出版社的社标是一个狗头。这很可能是弗吉尼亚的姐姐、万尼莎·贝尔的设计。万尼莎自幼便有美术方面的才华、又曾在大学进修绘画，曾为多本霍加斯出版物设计封面和插图。不过，社标上的这只狗并非长耳垂毛狗，也许不是平卡。西班尼尔犬平卡于1926年来到弗吉尼亚身边，它是一个不同寻常的礼物。送礼的是维塔·萨克维尔－韦斯特，贵族后裔，颇有影响的小说家、诗人、园艺家，也是弗吉尼亚的同性伙伴。1922年，二人结识，弗吉尼亚发现自己想念这个"不可思议的女人"，想念她那"情绪变幻的贵族社会的容貌，在一顶黑色帽子下放射着光辉的脸庞"。维塔经常以一身男装陪弗吉尼亚四处玩乐，化名"朱利安"，她们的热恋持续了三年多。在1926年，霍加斯出版社出版了维塔的长诗《土地》，该作品获得当年的文学大奖，但彼时，维塔对弗吉尼亚的爱情火焰已经委顿，这只小狗可能具有安抚之意。1928年，霍加斯出版社出版了弗吉尼亚以维塔为原型创作的传记小说《奥兰多》，这个雌雄同体的同名主人公成为同性恋文学的经典形象。多年后，深谙母亲情史的维塔的儿子尼格尔·尼克尔森称此书为"世界上最长、最动人的情书。"

维塔本人也是个狗迷，在目前能看到的老照片中，她身边大多有狗相伴。2001年出版的《维塔·萨克维尔-韦斯特与弗吉尼亚·伍尔芙通信集》第二版，包含500封二人的往来书信，信中经常提到平卡。本书封面上的照片是维塔与弗吉尼亚带着平卡与另一条西班尼尔在草地上闲坐。此照片由伦纳德·伍尔芙拍摄，地点是伍尔芙夫妇在苏塞克斯的别墅"僧舍"，时间恰是1933年，也就是弗吉尼亚发表《阿弗小传》的那一年。

维塔将西班尼尔犬送给弗吉尼亚的时候，给狗取名"芳妮"，后来是弗吉尼亚的朋友、美国文学批评家莱昂内尔·特里林建议更名为更加中性化的"平卡"。平卡在弗吉尼亚的生活里有特殊的位置，她和伦纳德是无性婚姻、二人没有子女，而且在她创作时，她的"一间自己的屋子"连伦纳德都不得进入，可是平卡却与她形影不离。正是对平卡习性的了解，以及对狗的忠诚的感动，使她得以在《阿弗小传》中深入一只狗的心灵世界。在《阿弗小传》的写作过程中，弗吉尼亚非常愉快，每每谈到它都要"笑出声来"。一开始，此书被当作一本"圣诞书"来设计，最终成了霍加斯出版社一本精致的作品。姐姐万尼莎为本书画了四幅插图，平卡的小照也出现于书封上，在某种程度上，此书乃是"家庭制造"。

（二）伍尔芙眼中的勃朗宁夫人

伊丽莎白·巴蕾特·勃朗宁（1806—1861），英国维多利亚时代著名女诗人。她出生于一个富裕的家庭，是12个孩子中的老大。祖上殖民牙买加，广有田产和财帛。在她3岁时，父亲买下一个五百英亩的大庄园"幸福终点"，伊丽莎白在那里度过了无忧无虑的童年。她在家中接受教育，与弟弟一起受教于家庭教师，学习希腊文、希伯来文、哲学、历史和古典名著。她很早就彰显才华，6岁开始写诗，14岁父亲为她出版了第一本诗集。不幸的是，15岁那年骑马摔伤脊椎，从此被困于床榻。20岁左右又罹患肺疾，不得不服用吗啡，更加敏感和脆弱。即便如此，她仍以极大的毅力和热情从事翻译与创作，在文学界渐有声名。由于父亲经营失败，一家人不得不卖掉"幸福终点"，在换了两次住所后，于1837年搬入伦敦温坡街50号。第二年，伊丽莎白不顾父亲的劝阻，前往德文郡海边小城托凯疗养，她最钟爱的弟弟爱德华与她同行。1840年，爱德华因船难，在托凯溺水而亡，伊丽莎白满心负疚，回到温坡街后隐居于后厢房一间小屋里，精神濒临崩溃。此时幸亏密友、女作家玛丽·罗塞尔·蜜陀佛送给她小狗阿弗，伴她度过了最艰难的时光。

1844年，伊丽莎白出版两卷本诗集，大获成功，名满英伦。当此之际，一个没有名声、又比她小六岁的青年诗人罗伯特·勃朗宁给她写信，两人从友谊出发，迅即抵达爱情。经过几次请求，伊丽莎白总算允诺见面。1845年5月，勃朗宁到温坡街探望了伊丽莎白，第三天，他向她求婚。考虑到自己已经39岁、又是病弱之身,伊丽莎白回绝了勃朗宁。但是每天勃朗宁的书信与玫瑰还是源源而来。爱情制造了奇迹,伊丽莎白竟然可以起床走到会客室,并步入公园。也是在那一段时期里,她写下了献给勃朗宁的情诗——《葡萄牙人十四行诗集》。

由于专断的父亲不同意这桩婚事,1846年9月12日,伊丽莎白在女仆威尔逊的帮助下走出家门,在附近的教堂与勃朗宁秘密结婚。一星期后,她带着诗稿、阿弗和威尔逊离家出走,与勃朗宁前往欧洲大陆,途径巴黎、马赛、热那亚、比萨,最终于1847年定居佛罗伦萨。

在意大利的数年,伊丽莎白·勃朗宁焕发了青春与活力,病弱之象一扫而空,她与夫君经常登临山水、寻访古迹。1849年,幸福的夫妻有了儿子小罗伯特,绰号"贝尼"。1851年,一家人回到英国,试图与伊丽莎白的父亲修好,但是老人极为执拗,不仅剥夺了女儿的继承权,而且至死不肯与女儿见面。伊丽莎白只能偷偷回到家里看一眼旧居,父亲的不肯原谅给她留下了永远的痛楚与遗憾。幸运的是,勃朗宁夫妇一起度过了15年幸福的婚姻生活,1861年6月,伊丽莎白在勃朗宁的臂弯间去世。

弗吉尼亚创作《阿弗小传》的动机，大约要追溯到1930年。她观看了鲁道夫·贝希的戏剧《温坡街的巴蕾特》，从此开始重新阅读勃朗宁夫人的诗歌与书信。1931年，弗吉尼亚发表了两篇相关评论文章，最后合二为一出现在《普通读者》第二辑里，定名为《奥罗拉·李》。

　　《奥罗拉·李》是勃朗宁夫人的九卷无韵素体长诗，发表于1856年。作者对它期许甚高，说"这是我最成熟的作品，其中包含了我关于生活和艺术的最高信念。"弗吉尼亚素来支持和声援女作家，但是对《奥罗拉·李》的分析与评价依然中肯而犀利。弗吉尼亚指出，《奥罗拉·李》虽然是杰作的胚胎，却未能成为一部经典杰作。这首先是因为作家的生活对其艺术的影响超过了应有的程度，奥罗拉身上有太多勃朗宁夫人的影子，这无疑标志着一个艺术家尚不完美。同时，弗吉尼亚也公允地提及，这种眼界的狭小与她漫长的卧病隐居生涯相关，"毫无疑问，作为一个艺术家那孤独隐居的漫长岁月对她有不可挽回的损害。她被摈弃于生活之外，猜想着外界的情况，并且不可避免地夸大了内心的经验。对她来说，小狗阿弗之死有如女人失去爱子。常春藤碰触窗户的声响变成了树木在狂风中的猛烈摇摆声。病室的静寂是那么深沉,温坡街的生活是那么单调,因此在感受中每个声音都被扩大,每个事件都被夸张。"其次,勃朗宁夫人的另一个失误是,她用素体诗这种文体来写当代日常生活,相当于一个诗人去小说家的领地偷猎,所以整部诗变成了冗长的独白,在故事情节和对话方面相当失败。耐人寻味的是,此篇长文这样开篇。

"勃朗宁夫妇的肉身如今大出其名,可能远远超出他们在精神领域的成就。对于时俗的这种嘲弄,勃朗宁们大概也会会心哂笑吧。一对狂热的情人,一个满头鬈发,一个两颊胡须,他们遭受压制,充满叛逆精神,最终私奔——这就是千千万万从来不曾读过他们的诗的人们所了解、所热衷的勃朗宁夫妇。由于我们有撰写回忆录、出版信札、拍摄照片等现代风习,作家们如今以肉体形式存在着,而不是像过去只生存在词句中;如今人们凭借帽子、而不是像过去那样只通过诗来辨认他们。于是勃朗宁夫妇成了那些生动活跃、名声显赫的作家中最引人注意的两位。摄影的艺术到底给文学的艺术带来了多大伤害还有待估量。当人们可以读到有关某一诗人的书时,他们还肯读多少诗人自己的作品,这是应该向传记家提出的问题。"

1932年,女作家威尼弗里德·霍尔特比写作的第一本弗吉尼亚·伍尔芙传记出版。伍尔芙对此书并不满意,虽然霍尔特比的很多分析是客观公正的。在其中,霍尔特比指出,弗吉尼亚疑惑是否她自己的声望也会与勃朗宁夫人一样,大众更为看重的是她的爱情婚姻,是她的照片传记,而不是她的创作。弗吉尼亚的担忧富于睿智与预见,时至今日,多少人只是熟悉她那张20岁时的侧面照片、只是熟悉她在布卢姆斯伯里文人圈中的中心地位、熟悉她的浪漫轶事与疯癫传说,又有多少人认真读过她的代表作《达洛维夫人》《到灯塔去》与《海浪》呢?

(三)《阿弗小传》与传记的艺术

弗吉尼亚写过一篇题为《传记文学的艺术》的文章,评论她的第一个订婚者、知名传记作家利顿·斯特雷奇的三部著作,同时也表露了她对传记文学的基本看法。在她看来,"传记一定要以事实为基础,这是传记为自己强加的条件。""通过给我们讲述真实故事，把不重要的细节逐一筛选出去，将整篇作品加以规划，使我们看到其概貌，传记作家比任何诗人和小说家（除了最优秀的以外）都更能激发人们的想象力。"最有助于我们理解《阿弗小传》的可能是这一段：

"既然过去许多不为人知的事都已广为流传，必然就会出现这样的问题：是不是只有大人物的生命历程才值得传写。失败者和成功者，名不见经传的和声名赫赫的——难道一个曾经生活过并留下一小段生命轨迹的人，就不值得书写吗？——什么是伟大，什么是渺小？作者必须更新我们心中关于优点的标准，树立令人仰慕的新英雄形象。"

有可能正是这个"为渺小者立传"的想法，催生了《阿弗小传》这部奇特之书。它开始于阿弗的出生、结束于阿弗的死亡，是一部不折不扣的以狗为中心的传记。尽管因为阿弗是勃朗宁夫人的宠物，因此写阿弗也就势必要涉及勃朗宁夫人的部分生平——"我们全都知道那位斜倚病榻的巴雷特小姐，知道她如何在一个早晨逃离了温坡街的黑暗的家，又怎样在街道拐角处的教堂里和健康、幸福、自由，以及罗伯特·勃朗宁相会了"——写耳熟能详的勃朗宁夫人的爱情故事并非此书目的，书中也没有一个字提到勃朗宁夫人的作品，所以它绝非一般意义上的"人物传记"。

为狗立传并不比为人立传简单。持守"传记写作要以事实为依据"的准则，弗吉尼亚投入了很多精力查阅资料。她不仅找到了勃朗宁夫人两首有关阿弗的诗作，《给阿弗，我的狗》和《阿弗，或者芳努斯》，也找到了勃朗宁夫人写给勃朗宁先生、姊妹和友人的全部书信，又找了欧尔写的《勃朗宁传》，甚至还对19世纪40年代的伦敦城市状况作了一些资料方面的考察。换言之，弗吉尼亚为阿弗写传的大量资料，均源自可靠的文字记载，这使书的副标题"一个传记"显得名副其实。

比如，勃朗宁夫人的《阿弗，或者芳努斯》这样写道："看那犬。就是昨天／冥想时，我忘了他在眼前／直至愁思缠绵泪水涟涟／怅卧中，双颊难干。／忽然间，毛头凑来枕边／茸茸犹如芳努斯，紧贴我脸／双目澄黄，迎着我惊讶的眼／一只长垂耳，扫干我两边泪痕／我始而吃惊如阿卡迪亚人，／乍见薄暮林中毛兽般的潘神。／但毛头凑更近，拂去我脸上的泪滴，／我认出了阿弗。／我从惊讶和悲伤中坐起，/谢谢真正的潘神，/通过卑微的动物/引我向爱的高度。"弗吉尼亚不仅在邻近结尾处引用了这首诗，也将这首诗描述的情景写进正文："她躺着，想着；她完全忘记了阿弗，她的心绪如此忧伤，泪水落在了枕头上。忽然一个毛茸茸的脑袋靠了上来；明亮的大眼闪烁在她的眼睛里。她惊起。是阿弗吗？还是潘？她不再是温坡大街上的一个病人，而是阿卡迪亚的某片幽深树林里的希腊仙子吗？那长着胡子的神亲自把嘴唇贴到了她的嘴上？有那么一会她变形了，她是水泽仙子，而阿弗是潘神。阳光照耀，爱意燃烧。"

勃朗宁夫人在写给勃朗宁先生和亲戚友人的信中，时常提及阿弗。而且，作为一个敏感的作家兼爱狗人士，勃朗宁夫人描述了很多传神的细节，比如阿弗对勃朗宁先生醋意大发，试图咬勃朗宁先生，勃朗宁夫人当晚处罚了它然后又表示原谅，在信中她这样写道："最后我说，'阿弗，如果你是好的，就过来说声对不起'，听到这话，他冲过房间，全身颤抖着，先是亲了亲我一只手，又亲了另一只，并把爪子伸过来让我摇，他看着我的脸，那种探询的眼神你要是看到了，也会像我一样原谅他的。"阿弗第二次试图咬勃朗宁先生，结果被女仆痛打一顿，勃朗宁夫人写道："他于是躺在我脚下的地上……从眉毛下面往上瞥我。"这样栩栩如生的细节自会博得读者的会心微笑，所以，弗吉尼亚把精彩部分原汁原味地保留了下来，巧妙地穿插进行文之中。

在《阿弗小传》里，阿弗对勃朗宁夫人的忠诚通过他对勃朗宁先生和婴儿的接纳而体现。勃朗宁夫人对阿弗的爱则通过从绑架勒索者手中将他赎回而体现。勃朗宁夫人不惜违背父亲的意愿，甚至不惜违背勃朗宁先生的意愿，亲涉险境，多方交涉，终于救回了阿弗。为了写好贫民窟的环境，弗吉尼亚专门查找史料，她援引了托马斯·比姆斯爵士的著作《伦敦贫民窟》。读者不难发现，这一部分恰与第一章中描述的"温坡街"——伦敦最庄严、最肃穆的街道——形成对照。在某种意义上，弗吉尼亚的这种写法也从一个侧面反映了19世纪伦敦的社会分化和阶级对立。早在1931年，受《好管家》杂志的邀请，弗吉尼亚创作了有关伦敦街景和城市生活的六篇散文，后来结集为《伦敦风景》。弗吉尼亚在《阿弗小传》中所描绘的温坡街、摄政公园、白教堂，乃至意大利佛罗伦萨，都具有与《伦敦风景》一脉相承的细腻、洞察力与微温的讽刺,在她的时代里几乎只有本雅明的城市场景描写可以媲美。这些场景的存在,使《阿弗小传》不仅仅是一个"狗故事",而具有了更广阔的维度。

从艺术的角度看,《阿弗小传》巧妙地使用了意识流手法。其中,有关"气味是狗的宗教"的铺叙,其生动程度,只有聚斯金德写的《香水》可以差可比拟。比如这一段写阿弗如何被嗅觉引领、又如何被古老的本能所驱动:

"左跳右蹦,分开那绿色草帘。冰凉的雨滴和露珠在它的鼻子周围散碎成七彩的水雾……突然,风中吹荡过来一种比任何气味都更浓烈、更刺激、更令人困惑的气味,划破他的脑海,激起千般直觉,万种回忆,是野兔的气味,狐狸的气味。他倏忽闪开,就像一条被激流裹挟远去的鱼。"

此外,《阿弗小传》还采用了"有限视角"。叙述者对有关"人事"并不做介绍,而尽量贴近狗的单纯视野,收到混沌而天真、简单又温馨的效果。为了不破坏有限视角,弗吉尼亚为《阿弗小传》加了些注释,最长的一个注释是关于勃朗宁夫人的忠实女仆莉莉·威尔逊的。勃朗宁夫人虽然为童工呼吁、为奴隶呼吁也为爱犬写了诗文，但是对自己的女仆却吝惜笔墨。弗吉尼亚整合了大量的资料，才将威尔逊的一生理清头绪、写成小传。这个"传中传"的存在，或许是弗吉尼亚受到伦纳德·伍尔芙影响的表现——伦纳德是左派评论家，当时又正值"红色的三十年代"，也符合弗吉尼亚为小人物立传的初衷。

阿弗死后，葬在佛罗伦萨勃朗宁夫妇生活过的圭蒂府地窖内。勃朗宁夫人葬在佛罗伦萨英国公墓，勃朗宁先生后来声誉鹊起，葬于威斯敏斯特教堂的诗人之角。相形之下，平卡是幸运的，它葬于伍尔芙夫妇的僧舍花园中，同一个花园里两棵榆树之下，埋着伍尔芙夫妇的骨灰。勃朗宁先生和伍尔芙先生后来都有第二次恋爱，但是阿弗和平卡对主人的爱，始终如一。

自由女神也醉了

文学教授纳博科夫教诲我们说,评断一部作品是否优秀,要看读者的两块肩胛骨之间有没有"微微的震颤",这震颤有个名目,叫"美感的喜乐"。按照这个标准,我在阅读《焚舟纪》之际,后背发紧、头顶发麻、拊掌捶拳、啸叫不已,说明这定然是、绝对是、不可能不是一部旷世杰作。

《焚舟纪》让人忆及文学的美好年代,那时节,自由的长风主宰着一切,自由的文学无拘无束更兼无忧无虑。那时节,江湖郎中拉伯雷的笔底世界一派狂欢味道;穷官吏塞万提斯的笔下人物满怀奇情异想;剧院合伙人莎士比亚的戏剧里填塞着逗人开怀的污言秽语——扮演仙后的男演员向台下粗汉抛着媚眼——对开本还没有"被经典";还有,也是在那个美好时代,另一个大陆的《天方夜谭》刚刚结成集子,国王沉浸在山鲁佐德漫无边际的讲述中,哪怕荒诞不经,照样如痴如醉,惟其荒诞不经,方才如醉如痴。是的,在确立近现代小说的形状之前,特别是在建构资产阶级的世界观之前,文学有着那么一段真力弥满、元气淋漓的大好时光。尽管19世纪以后现实主义文学成为主流,好在自由的一支也未断绝。雨果说:"浪漫主义就是文学上的自由主义",藤蔓卷须四面八方地伸展出去,结出不同的豆荚,新哥特的、唯美的、象征的、超现实的、荒诞的、魔幻的、科幻的、难以归类的、不可名状的,虽然许多体裁和题材被贬抑为文学的"亚种",可是不羁的精神与想象终究保有一片天地。

读《焚舟纪》的感觉,有点像坐着过山车,经过一个神奇的莫比斯环,抵达了一个热闹空前的嘉年华。只听得女巫的魔法棒叮的一声,读者跟着叙述一路飞驰,闯入一个似曾相识却又似是而非的奇境。在这里,没有时间维度,空间蜷曲相叠,自由女神也喝多了,散发着疯癫气息。在这里,互文性无处不在,像无数组镜子参差互映,而戏仿又使这镜子带上了哈哈镜的曲度,产生啼笑皆非的效果。更为神奇的是,你向镜子伸出手去,未料穿过表面触到了本质,而你以为触到的是真,蓦然回首才发觉自己连同镜子不过是又一面镜子映出的幻象。这个女巫啊,不寻常。

"好女巫"安吉拉·卡特本姓斯达克，1940年出生于英国南部苏塞克斯滨海城镇伊斯特本，为了躲避二战的战火，她在南约克郡乡村的外祖母身边度过童年，擅讲民间故事的外祖母对她的影响要到以后才见端倪。在伦敦上中学的时候，她已经显示出文学天赋——就在2012年春天，她12岁至15岁之际发表于校刊上的三首诗和两篇散文重见天日，其中的一首提到"牛头怪""死亡的黑帆""阿蒙法老""太阳神祭司"，将古希腊和古埃及的典故有趣地捻在一起，证明她已经具备改写经典的明确意识。顺便提一句，天才在13岁的时候已经达到成人身高，五英尺八英寸，胖，非常胖，让人自卑的胖。她决心掌握自己的命运——从控制自己的体重开始，在18岁那年的短短的六个月内，她成功减去38公斤，蜕变成一幅瘦削的模特骨架。这是厌食症的作用，在两年的时间里，她像拜伦勋爵那样厌恶食物。这段时间，她穿着香奈尔风格的套装，高跟鞋，黑丝袜，她自嘲说"像个30岁的离婚妇人"。

20岁那年，她嫁给化学教师保罗·卡特，这没有耽误她去布里斯托大学进修英国文学，她的主攻方向是中世纪文学，哥特传统显然给她留下了深刻烙印。她承认说："尽管花了很久时间才了解为什么，但我一直都很喜欢爱伦·坡，还有霍夫曼——哥特故事，残忍的故事，奇异的故事，怖惧的故事，奇幻的叙事直接处理潜意识的意象——镜子，外化的自己，废弃的城堡，闹鬼的森林，禁忌的性欲对象。"于是，疯狂和死亡、破坏和罪过，是她早期作品的主题，贯穿于60年代后期她连续发表的4部长篇小说里，它们分别是《影舞》(1966)、《魔幻玩具铺》(1967)、《数种知觉》(1968)和《英雄与恶徒》(1969)。这期间，她也不再是香奈尔女郎，而成了红发朋克。她与丈夫的勃豀渐大，她曾经热衷于为丈夫烘烤甜点，只为了让对方增肥，失去对女性的吸引力，这"阴暗的马基雅维利诡计"并未挽回什么。1969年，凭借《数种知觉》获得的毛姆奖奖金，她逃离了家庭前往日本，她说"我相信老毛姆会深感安慰"。旅居东京的两年，她成为一名激进分子，也借与一个日本男人的亲密关系重新审视女性问题。她与保罗的故事曲折映射于1971年发表的第五部小说《爱》里。1972年，二人离婚，"随便哪个傻瓜都看得出来，我前夫跟新妻子在一起快乐多了"。但因"安吉拉·卡特"的名字已经附着在这么多作品上,她保留了卡特这个姓氏。

在70年代后期和整个80年代,卡特历任多所大学的驻校作家,包括英国的谢菲尔德大学、美国布朗大学、澳大利亚的阿德莱德大学和北爱尔兰的东英吉利大学。她精力旺盛,涉足多个领域,从1975年开始为英国政治周刊《新社会》定期撰稿,后来也在《卫报》《独立报》和《新政治家》上发表评论。她对政治的态度很严肃,在英国的政治光谱上,她坚定地拥戴工党,左倾,以至于被贴上"社会主义者"的标签。1979年,她惊世骇俗的非虚构作品《萨德的女人》发表,提出"道德色情"的概念,构想一种服务于女人的色情作品,并肯定了萨德对于女性解放的意义。从此以后,男人把她视为"女权主义者",却颇有一些女权主义者视她为"反女权主义者"或"伪女权主义者",真是一笔糊涂账。

卡特的作品以"禁忌"主题而著名,色情、恋物、强奸、乱伦、残杀、雌雄同体,即便在二十世纪六七十年代性解放的底色中也足够抢眼。好在,作品里惊世骇俗,生活里却波澜不兴。1977年,她和马克·派尔斯结婚,1983年两人的孩子亚历山大诞生。他们的家洋溢着一片狂欢节的气氛，墙纸上盛开着紫罗兰和金盏花，搭配猩红色的油漆，起居室房顶上吊着风筝，书籍乱糟糟地堆在椅子上，鸟儿出了笼子在室内飞来飞去，朋友们潮水般地来赴晚宴。在为数不多的照片上，能看到卡特素面朝天，鲜红的发色不见了，代之以一头蓬乱的女巫气质的灰发，很多时候她的头发上还缠着一条丝带，有点突兀地打着个蝴蝶结，非常波希米亚，十分与众不同。作家萨缪尔·拉什迪感慨于她的八卦、毒舌、戏谑和大笑，他说："我所认识的安吉拉·卡特是最满口粗话、毫无宗教情操、高高兴兴不信神的女人。"

卡特的丰产足以让其他作家嫉妒，除了前面提到的五部长篇，还有另外四部，即《霍夫曼博士的欲望机器》（1972）、《新夏娃的激情》（1977）、《马戏团之夜》（1984）和《明智的孩子》（1991）。除此以外，她还发表了五部短篇小说集，两部诗集，三部戏剧作品，五部童书，四部论文集，又编选了三部童话集，翻译了两部童话集，另有两部作品被搬上银幕，五部作品被改编为广播剧，文体繁杂，题材多样，数量众多。尽管如此，她并不属于英国文学界的主流圈子，由于她的反传统，屡屡遭受文坛保守势力的苛责甚至无视。她在1974年便说过，知识界似乎并不欣赏她的风格和作品。1983年，她担任布克奖评委，得奖者并不认识她，在颁奖仪式上令她尴尬地问道："请问您是谁？"没错，她也参加作家们的午餐会，也上过电视节目，也被忠诚的粉丝所拥戴，但她就是"不红"。

颇为戏剧性的是，英年早逝改变了这一切。1991年，卡特被诊断出患有肺癌，她烦恼、愤怒，之后坦然接受了事实，并为自己恰好在患病前购买了巨额保险而沾沾自喜。她井井有条地处理自己的财产，整理好断续记了三十年的日记（带有不错的色粉手绘），甚至详细安排好了自己的葬礼——谁要参加、放什么音乐、大家要朗读什么作品，无一遗漏。她的"文学遗嘱执行人"苏珊娜·克拉普回忆说，1992年1月前去探望卧病在床的安吉拉时，她保持着一贯的乐观精神，"急切地渴望听到聚会上和文学圈的八卦"，那一次，她头上的缎带是粉色的。

1992年2月16日，卡特病逝。《卫报》的讣告褒扬说："她反对狭隘。没有任何东西处于她的范围之外：她想切知世上发生的每一件事，了解世上的每一个人，她关注世间的每一角落，每一句话。她沉溺于多样性的狂欢，她为生活和语言的增光添彩都极为显要。"拉什迪在《纽约时报》上发表悼文《安吉拉·卡特：一位善良的女巫，一个亲爱的朋友》，"很多作家都清楚她是真正罕有的人物，她是真正的独一，这个行星上再也不会有任何能与她相像的东西了。"她逝世后三天内，所有书籍抢购一空，随后她的声名扶摇直上。1996年，伦敦一条新的街道被命名为"安吉拉·卡特巷"。不出十年，卡特已经成为英国大学校园里拥有读者最多的当代作家，百分之八十的新型大学讲授她的作品，使得文学系的小讲师们多了一个"卡特研究"的新饭碗。时至今日，在英国女作家的排名里，她超出了弗吉尼亚·伍尔芙。是啊，简·奥斯丁没有她勇敢，玛丽·雪莱没有她多产，勃朗特姐妹没有她俏皮，弗吉尼亚·伍尔芙不够轻松，多丽丝·莱辛太正经，没有谁比她更"坏"。

在中国大陆，"Angela Carter"原本只在英文系里鼎鼎大名，不仅有大陆学者用英文写成的研究专著，还有相当数量的硕士论文。在台湾，"安洁拉·卡特"八年前开始流行，颠倒了一众书生。至于"安吉拉·卡特"这个中文译名的走红，南京大学出版社功莫大焉，从2009年开始，陆续推出《明智的孩子》《新夏娃的激情》《马戏团之夜》《安吉拉·卡特的精怪故事集》，卷起了一阵小小的"卡特旋风"。而2012年出版的《焚舟纪》，收录了她五部四十二篇短篇小说，势必将使旋风向台风发展。

理解卡特的三个关键词是：后现代主义、女性主义和卡特式文体。所谓后现代主义，是指卡特在写作技巧上使用了戏仿、挪用、暗指、拼贴、元叙事等方式，将互文性发挥到极致。在《焚舟纪》中，她将传统童话、民间故事、名著名剧、经典电影乃至历史人物与事件，包罗万象式地取为己用，借人物、借情节、借语言、借典故、借意象，仿佛如打碎成百上千个万花筒、再用那些碎片拼成了自己的奇境，流光溢彩，妙不可言。以她的经典短篇小说《染血之室》而言，有对《蓝胡子》的戏仿，有对萨德作品的致意，有对《蝴蝶梦》的暗指，有大量哥特小说元素的拼贴。《染血之室》属于卡特有名的"女性主义童话改写工程"，在这个工程里，《师先生的恋曲》和《老虎新娘》是对《美女与野兽》的改写，《雪孩》是对《白雪公主》的改写，《爱之宅的女主人》是对《睡美人》的改写，《扫灰娘》是对《灰姑娘》的改写，《与狼为伴》和《狼人》是对《小红帽》的

自由女神也醉了 119

改写。在接受约翰·海芬顿采访时,她曾经说过:"我总是使用大量的引用,因为我通常把西欧的一切视为巨大的废品场,在那儿,你能够汇集各种各样的新素材,进行拼贴。"玛格丽特·阿特伍德说:"如果你想以安吉拉卡特的风格来再现她的作品之诞生,那么你需要召集一整个戏班的神人之幽灵围拢在她的打字机旁随侍。王尔德必须在场,爱伦·坡也要来,还有博兰姆·斯托克、佩罗、玛丽·雪莱,甚至麦卡勒斯,以及一群热爱飞短流长的聒噪老太"。事实上,卡特对世界文学遗产的熟悉程度远超阿特伍德的想象,所以这个名单还应长长地铺展下去。

与其他贴着后现代标签的作品不同,卡特的后现代不是故作高深的、难以卒读的、解构到了一地碎片程度的后现代,悬念、冲突、情绪渲染、异国风情、一点小情色,甚至纵情随意的插曲,都使作品自身维持着高度的可读性。女巫藏起细密针脚,只让人惊叹于她那百衲被的天衣无缝。

所谓女性主义,是指卡特作品的主题贯穿着女性解放的意识,这是她的作品深具颠覆性的深层原因。在她看来,阻碍妇女取得完全解放的,并不仅仅是男性的偏见,女性自身的认识误区也难辞其咎。她颠覆了传统而刻板的女性角色——落难的公主、自我牺牲的圣母、软弱善良而又糊涂的女孩,在她笔下出现了一批智慧而强悍的女武神一般的女人,她们勇于主宰自己的身体和命运,甚至显示出某种兽性。按照卡特的见解:"在不自由的社会中,一个自由的女人会变成怪兽。"同样,在一个不自由的社会中,一个自由的女人也不妨以扮演怪兽来成就自身。《紫女士之爱》中的玩偶获得生命之后,直接向妓院走去,她喜欢如此使用自己的身体,看似怪异,又有何干?《染血之室》中最后解救了女主人公的,并非什么白马王子或警察,而是她持枪策马的母亲,如此威猛的母亲形象在文学史上的确珍罕。《黑色维纳斯》把锋芒指向大诗人波德莱尔,安排他的情妇让娜以"杜瓦太太"的名义获得完满结局,不仅在故乡加勒比海过上了体面生活,还一直向男性殖民者传播着"货真价实的、如假包换的、纯正的波德莱尔梅毒",谑近乎虐。

所谓卡特式文体,是指卡特所发明的那种有着"女性哥特"特色的文体:阴暗、绚烂、神秘、夸张、奇诡、洛可可般精致,极具感官之美。卡特是不折不扣的文体家,可以厕身于博尔赫斯、卡尔维诺、纳博科夫这样的文体大师殿堂而毫不逊色。她有时炫技,比如为《仲夏夜之梦》写个序曲,让莎士比亚的在天之灵哀号去吧;又比如为《创世纪》写个布朗版本,细密而渎神,让上帝在天堂咆哮吧。为了炫技,她甚至愿意把同一题材写两遍甚至数遍,她写了两个版本的利兹·波登,多个版本的美女与野兽,一长一短版本的好莱坞大明星,一长一短版本的马戏团,每次有不一样的叙述策略,全都精彩。至于说拆解开她的文体构造、将她的风格凝练为若干写作公式?抱歉,她的才华难以复制。据说她逝世的第二年,就有几十篇博士论文预备破解她的魔法,可是无一成功。人们笑称,博士一评论,卡特就大笑。

作为多年粉丝的拉什迪说得中肯:"她这个作家太富个人色彩,风格太强烈,不可能轻易消融:她既形式主义又夸张离谱,既异国奇艳又庶民通俗,既精致又粗鲁,既典雅又粗鄙,既是寓言家又是社会主义者,既紫又黑。"所以归根结底,对她的理解还是要通过读者自己的一双眼睛、两块肩胛骨。翻开《焚舟纪》,去感受那"微微的震颤"吧。

三岛由纪夫的圣塞巴斯蒂安

如何理解三岛由纪夫呢?他不是传统意义上的"作家",而是一个有着强烈的"媒介融合"意识的"艺术家",文本、身体、行动、影像记录与呈现乃至最后惨烈的死亡,都是他得心应手的媒介,他一生的创造,是一部倾心谋划的"大作品",正是因此,他在辞世前坚持要求:一部"完整的全集"必须包括他的一切。不得不承认的是,他抢先把握住了"景观社会"的脉搏,这是一个符号胜过实物、副本胜过原本、表象胜过现实、现象胜过本质的颠倒时代(费尔巴哈),这是一个芸芸众生在一种痴迷和惊诧的全神贯注状态中沉醉地观赏着少数人制造和操控的景观性演出的时代(德波)。在这个时代里,连社会学研究范式都在强调"舞台与表演",传播媒介更是以"可观看性"为价值标的、追求着"图不惊人死不休"。在这样一个时代里,三岛由纪夫翻云覆雨,个中高手。

可是,三岛由纪夫本人呢?他有没有被图像与景观所俘获？

我注意到，在后来遍布三岛的各种传记的照片中，有一张筱山纪信拍摄的黑白照片。画面上的三岛，袒露着经过"肉体改造"之后的铁一般的腱子肉，双臂捆吊在树干上，三支箭簇穿入下腹、肋部和腋窝。这是三岛演绎的圣塞巴斯蒂安。而这张照片的"原型"，是意大利画家雷尼（Guido Reni，1575—1642）所画的《圣塞巴斯蒂安殉教图》。德国性科学家赫希菲尔德（Magnus Hirschfeld，1868—1935）曾经指出，性倒错者对某一类绘画雕刻有特别的爱好，这类作品中排名第一的就是这一张了。

不妨回溯到三岛1949年的小说《假面自白》。小说中的"我"在13岁时第一次看到父亲珍藏的画册上的这幅画，他坦白："看到这幅画的一刹那，我整个存在被一种异教式的狂喜所震撼。我的血液在沸腾，我的器官在浮现出怒色。巨大的、行将胀裂的我的这一部分，前所未有地激烈地等待着我的使用，责怪我的无知，在愤怒地喘息。我的手不知不觉地开始了不能告诉任何人的动作。我感到有一种既阴暗又辉煌的东西，从我的内部迅猛地攻了上来。就在这一瞬间，这种东西伴随着一阵令人眩晕的酩酊醉意迸发了出来……"

《假面自白》是描写一个性边缘人从出生、幼年、少年到青年期的赤裸裸的性心理记录和自我分析的故事。小说中的"我",在13岁以前已经被种种"实在的影像"所"苦恼",它们包括5岁时候路遇的淘大粪的小伙子——他穿着藏青色紧腿裤,勾勒出下半身的轮廓。包括小人书里所表现的戎装的圣女贞德,尽管后来发现贞德是女的,令"我"深深失望。还包括角色扮演,"我"男扮女装成魔法师天胜,以及艳后克娄巴特拉。还包括一本匈牙利童话故事的原色版插图,上有一个穿紧身黑裤的王子被恶龙吃掉。是的,"我不爱公主,只爱王子,更爱遭杀害的王子",这是"我"的性心理取向。正是有这样的铺垫,13岁时见到圣塞巴斯蒂安殉教图,才会那么自然地 ejaculatio。

三岛曾经故弄玄虚,他在《假面自白笔记》中谈道:"这部小说里的所有题材都是根据事实创作的。但是,没写作为艺术家的生活,因此整个都是完美的虚构,我想创作的是完美的自白虚构书。"三岛在《盗贼笔记》中,又曾经用过一个很有后现代意味的比喻:"我是诗人,摘去画皮就是俗人,再摘去画皮就是诗人,再摘去画皮就是俗人，再摘去画皮就是诗人。我是怎么也剥不见核心的洋葱。"那么，三岛，后来结婚生子育女的三岛，到底是不是一个性倒错者呢？《假面自白》到底是"假面"还是"自白"呢？幸好，近年来发现了一些三岛的资料，包括1947年7月19日三岛写给著名精神医学专家式场隆三的一封信，彼时，《假面自白》正式出版仅仅14天。在信中三岛向素昧平生的医生吐露心曲：随信寄赠的《假面自白》中的有关性倒错情节，"全都是我亲身的感受和真实的叙述"。也是因此吧，在著名记者亨利·斯托克斯的《美与暴烈：三岛由纪夫的生与死》中，传记作者完全将《假面自白》中的叙述当成史料来运用。

性，到底是先天生理的、由基因注定的，还是后天心理的、由环境建构的？这是医学和社会学的一个胶着处。如果将《假面自白》当作病历来看，会发现主人公天生偏好"死、夜和热血"，偏好王子而非公主。可是如果在小说的主线之外关注一下对环境的描述，又会发现一个畸形氛围的不良影响：重病缠身的祖母，三个女护士，三个女佣人，从邻家挑选的陪伴三岛的几个小女孩，过家家、折纸、搭积木、看图片。一个全然阴柔的世界，正因为缺少雄性因素，反而越加向往一个阳刚的宇宙。三岛的"谜团"也许在于，他不仅是个同性恋者，还有着更为异常的施虐-受虐倾向，按照他自己的话说："既当死刑囚，又当刽子手。"这种病态的偏好，使他在近30部作品中细腻地表达了对死亡、切腹的感情，难以忍受的痛苦，伴随以性爱的极至酣畅，勾画出一个暴烈与美交缠的文学领空。

然而，如果仅仅将三岛等同于性倒错者，将三岛的作品当作是暴露狂的自白，那是对他的贬低。《假面自白》的起始，三岛援引了陀思妥耶夫斯基《卡拉马佐夫兄弟》中的一段，值得全文抄录在此：

"美，是一种可怕的东西！可怕是因为无从捉摸。而且也不可能捉摸，因为是上帝设下的，本来就是一些谜。在这里，两岸可以合拢，一切矛盾可以同时并存。兄弟，我没有什么学问，但是我对于这些事情想得很多。神秘的东西真是太多了！有许许多多的谜压在世人的头上。你尽量去试解这些谜吧，看你能不能出淤泥而不染。美啊！我最不忍看一个有时甚至心地高尚、绝顶聪明的人，从圣母马利亚的理想开始，而以所多玛城的理想告终。更有些人心灵里具有了所多玛城的理想，而又不否认圣母玛利亚的理想，而且他的心还为了这理想而燃烧，像还在天真无邪的年代里那么真正地燃炽，这样的人就更加可怕。不，人是宽广莫测的，甚至太宽广了，我宁愿它狭窄一些。鬼知道，究竟是怎么回事，真是的！理智上认为是丑恶的，感情上却简直会当作是美。美是在所多玛城里吗？……可是话又说回来，谁身上有什么病，谁就忍不住偏要说它。"

曾几何时，我们将真善美合为一谈，真相是，美与后二者无干。美，既可以在圣母那里，也可以在所多玛城中，有的时候，圣母玛利亚的理想与所多玛城的理想同在，这真是宽广莫测。像那美的圣塞巴斯蒂安，一方面是殉道的圣徒，使人向往天堂圣洁高尚的光明；另一方面，那强健的受虐的肉体，又使某些人看见所多玛城的黑暗。我想，如果不是写出了这种分裂的沉痛，如果不是写出了人性的复杂，如果不是追求一种自由的光辉，三岛也就是个可怜絮叨的写写私小说的"自然主义者"。武士道、民族主义、性放纵，混合成三岛充满张力的存在。在这个意义上，三岛是一个"完整的作品"，既上达了天堂，也深入了地狱。

美，是危险的。在图像时代，更是如此。三岛的圣塞巴斯蒂安殉难照片，是他对13岁第一次美与性的双重唤起的致敬，可是他的这张照片，会不会让他人"发现"所多玛城呢？我合上陆智昌老师精心设计的封面，道德焦虑感油然而生。

卡坡蒂先生,圣诞快乐!

懂得文学技艺的人都知道,想要煽情感人,比较取巧的是三个视角:动物、儿童、怪人。假如不能站在这样的视角上写,那么作品里出现动物、儿童、怪人,也是好的。动物视角可以凸显人类的可笑,儿童视角可以反观成人的可悲,怪人视角可以展示庸常生活的可怕,都是举重若轻的"有品"方案。至于作品里出现的动物、儿童和怪人形象,按照福斯特的理论,大都属于"扁平形象",扁平形象个性突出、容易识别,最重要的是:它们往往单纯、足够单纯、单纯得一以贯之、单纯得可歌可泣。就如唐老鸭永远是那个嘎嘎的唐老鸭,就如堂吉诃德永远是那个有梦想的堂吉诃德,这类形象以不变应万变,在这个易变的污浊世界,它们把单纯进行到底,把童话变成了神话。于是,读者们不得不向单纯投降,含着泪水纷纷回望——何时啊何地,失去了自己的冰肌玉骨、赤子心肠!

在文学世界里,这是一个路人皆知的陷阱,休想骗我啊，我不买账的。可是为什么，每次，遇到这样陷阱，我还是会笔直掉进去，然后一边拿着纸巾擤鼻涕，一边自嘲说：好吧，就当又净化了一次心灵吧。

脆弱啊，你的名字是读者。

杜鲁门·卡坡蒂（Truman Capote，1924—1984），姓氏的重音在中间，kəˈpoʊti。他是20世纪美国文学的一个传奇：17岁在《纽约客》打工；19岁以短篇小说《关上最后一道门》(*Shut a Final Door*)获得欧·亨利奖；21岁以短篇小说《米里亚姆》(*Miriam*)获得最畅销处女作奖；24岁出版第一部长篇小说《其他的声音，其他的房间》(*Other Voices, Other Rooms*)，在《纽约时报》畅销书目录上屹立9个星期，与作品同时引起轰动的是封底那张由著名摄影师Harold Halma拍摄的"作者照片"，年轻、性感、并且危险。照片无法显示的是，他身高只有5英尺3英寸，也就是1米60，南方口音，嗓音尖细，动作女性化。但是这张照片迷倒了20岁的安迪·沃霍尔，也同样迷倒了广大读者，在刚刚开始的"影像时代"，这样的照片为卡坡蒂打下了"偶像"的标签，他红了。

红了的卡坡蒂得心应手地混迹于纽约文人圈、百老汇和好莱坞，他把自己的小说改写成戏剧、音乐剧，他写原创电影剧本、也改编电影剧本。名利是趟特快列车，下一站是1958年，他发表中篇《蒂凡尼的早餐》(*Breakfast at Tiffany's*)，同代作家诺曼·梅勒称许他的文体，说他是"我们这一代人中最完美的作家"。根据小说改编的电影于1961年上演，由奥德莉·赫本甜蜜演绎，"月亮河"冲决无数观众的心灵，泛滥为亿万双眼睛里的泪光莹莹。

1959年，卡坡蒂从《纽约时报》上看到一则犯罪新闻，立即萌生以此写一本书的强烈愿望，他从《纽约客》那里争取到一笔经费，此后6年倾尽全力投入马拉松式的采访和调查，终于在1966年发表非虚构小说《冷血》(*In Cold Blood*)，此书成为当年第一畅销书，给他带来数百万美元的稿酬，亦被视为他毕生的代表作。同年，作为公共人物的卡坡蒂也达到了一生的巅峰，11月28日，在纽约广场酒店，他组织了一场"世纪舞会"，名流云集、衣香鬓影，以至于40年后还有人专门为这个大派对写了一本300页的书。

但是，卡坡蒂本人在写作《冷血》时已经有了酗酒迹象，像那种自毁天才的烂俗故事，他的人生曲线陡然向下，《冷血》之后不再有力作问世。人生最后的20年，他是尽人皆知的"问题人物"：公开的同性恋者，糜烂的"54俱乐部"的常客，他与滚石乐队的瓜葛，他与安迪·沃霍尔的关系，他自己制造的无数流言，他在媒体上的大放厥词，他的大脑萎缩，他的重新植发，他的精神崩溃，他的举止失常……声名悄悄变了质，虽然坏名声一样是可以卖钱的。1984年，因酗酒和过量服药导致肝损伤，卡坡蒂死在洛杉矶一个女性友人家中，终年59岁。

大家公认，卡坡蒂自恋、自大、虚荣、追名逐利、矫揉造作。可是，讽刺的是，卡坡蒂的"节日故事"又总是大家的首选礼物。32岁、44岁、59岁，走红期、巅峰期、没落期，卡坡蒂频频回望，写下三个感人的故事。他的真实人生有多复杂，他的笔下世界就有多单纯。正是这种对比的张力，足以令人唏嘘不已。

1956年，"A Christmas Memory"发表于Mademoiselle杂志。

1968年，"The Thanksgiving Visitor"作为"节日故事"以礼品书形式出版。

1983年，"One Christmas"作为"节日故事"以礼品书形式出版。

目前我们看到的《圣诞忆旧集》是三个故事的合集。洋红色硬皮封面，随意点缀着五片雪花，白色的封套上有老妇、小童、小狗和一颗亮着星星的圣诞树，一派温馨气氛。在急景凋年的2008岁尾，这样熨帖的小书的确很有"治愈"效果。

三篇故事的核心是同一组"梦幻组合"，包括了"动物、儿童和怪人"这无坚不摧的三元素，不仅如此，更为催人泪下的是，那一只叫奎妮的小猎鼠狗，它死了，葬在它经常埋骨头的草地上。那个叫巴迪的七八岁的男孩，父母离异、寄人篱下、受同学欺负，是寄予同情的最好对象。最后还有那位苏柯小姐，六十岁的老处女，六十岁的老小孩，有一颗天使般的心，她也过世了——文学史上还有比这更具杀伤力的催泪炮弹么？没有了。

在现实中真正可怕的是，产生这感人故事的背景是真实的。这三篇故事像卡坡蒂其他的早期作品一样，有着浓郁的自传色彩。卡坡蒂本人出生在新奥尔良，母亲当时只有17岁，父亲是个销售员。在他4岁时，父母离异，他被送到母亲的远亲家抚养，地点是在阿拉巴马州的Monroeville，这一家包括三个老处女和她们的光棍哥哥，组成"有点古怪的阿拉巴马一家人"。三姐妹中最小的一个Nanny Rumbley Faulk，也就是苏柯（Sook）小姐的原型，她是家中的厨子和杂役、巴迪的"奶妈"和好伙伴。

看得出，卡坡蒂在"苏柯小姐"这个形象上倾注了全部感情。她是家庭中的弱势者，相貌奇特——"像只矮脚母鸡"，微驼、微瘸，脸有点像林肯。她穿着破烂——脚上一双经常发出吱扭声响的破了边的网球鞋，夏天的花布裙外罩了件没有形状的灰色毛衫，那毛衫原是B叔的。她性格孤僻——她像害羞蕨一样害羞，目光惊怯，喜欢聚会却无法在聚会中坦然自处。家人把她视为孩童，甚至比孩童还不如，但是，在苏柯小姐身上，那孩童般的单纯有着灿烂的光辉，她善良、虔诚、勤劳，她对巴迪、对奎妮、对喜爱的陌生人，甚至对巴迪的"死敌"汉得森，全都一派驯良的善意。她是巴迪的精神支柱，她是巴迪的朋友、父亲与母亲。

真实世界的巴迪在11岁时回到母亲身边，继父是纽约的百万富翁，用"卡坡蒂"这个姓氏取代了"帕森斯"（Persons）。不过好景不长，继父很快破产，一家人搬出在公园大道的公寓，母亲服了过量的安眠药辞世，卡坡蒂甚至没有上大学就不得不出来谋生。说到底，卡坡蒂的童年与少年历尽坎坷。从精神分析学的角度看，苏柯的性格对他的成长亦有负面的成分，而坏小子汉得森对他的欺辱，也难免造成心灵的创伤。在某种意义上，他后来的虚荣心与名利欲，不过是一种代偿心理。名利场上春风得意的是卡坡蒂，而那个叫巴迪的"贫穷但很快乐的阿拉巴马赤脚男孩"，才是作家一生回望的对象。

在《一个圣诞节的记忆》一篇，他写到苏柯的睡床是玫红色——她喜欢的颜色，上面盖了一床百衲被。事实上，现在位于Monroeville小镇的"卡坡蒂展览"，还在展出这条被子。是苏柯亲手缝制的，卡坡蒂从婴儿时代一直用到他辞世，甚至旅行时都不忘携带。他临终的遗言是："是我，是巴迪，我冷啊。"

看在这遗言份上，我原谅了卡坡蒂。其实我宁愿他一生平凡快乐，不希望他用自身的伤痛化作这催泪瓦斯。还有比这更奇妙的圣诞书么，甜甜的是外表，苦苦的是内核。

卡坡蒂先生，圣诞快乐！

用威尼斯的水蘸一下笔尖

每个人都有自己的威尼斯,就像每个人都有自己的天堂想象。可是有关威尼斯的传说与作品还是太多,贡多拉撞来撞去,显得天堂太拥挤。莎士比亚的作品中51次提到威尼斯,伊拉斯谟在此刊印《格言集》,卢梭陷入对一位威尼斯妓女的疯狂,拜伦在大运河上仰泳,嘴里叼着雪茄,为了"不错过天上的星星"。还有歌德、缪塞、司汤达、罗斯金、普鲁斯特、亨利·詹姆斯、庞德、黑塞、托马斯·曼、海明威,还有威尼斯画派、加纳莱托、瓜尔迪、萨金特、雷诺阿、托马斯·莫兰。应接不暇,足以让自诩文艺的人士发觉:前往威尼斯的行囊超重了。

即便如此,保罗·莫朗(Paul Morand,1888—1976)的《威尼斯》还是值得一看。除了法国的保罗·莫朗文学奖,还有一本因传主而走红的畅销书《香奈儿的态度》,莫朗在中国没什么名气。可是,他活了88岁,以文体家闻名,经过三度努力当选法兰西学院院士,在他风头最劲的年代——20世纪20—40年代，他是精英圈的红人，第一部小说集由普鲁斯特作序、庞德负责译介到美国，他是菲兹杰拉德和妻子泽尔达的好友、跻身于科克托-佳吉列夫-毕加索的小圈子、香奈儿的座上客、时髦场所"屋顶上的牛"座上人物，这就好比头上顶着一张又一张"先锋"的封印，有很大的道德豁免权，以及很长的文学史保鲜期。

说到道德，晚年的普鲁斯特经常在利兹饭店赴宴，因为美艳又富裕的苏佐公主在此主持着一个沙龙，经普鲁斯特介绍，莫朗得以结识公主，并展开一场漫长的恋爱，公主终于在1924年离婚，然后在1927年与莫朗结婚。依靠妻子的财产，莫朗享受盛宴、名马、快车、华服（好衣服穿出不经意范儿，是他的原则），甚至还有，莫朗也享受别的女人。莫朗发表过一首不无戏谑的诗歌《普鲁斯特颂》，嘲笑普鲁斯特在夜里有一些不可告人的活动，普鲁斯特虽然后来原谅了莫朗的轻率，但是造成的伤害无法弥补。不过，私德虽有亏，毕竟是私事。莫朗最为人所诟病的是二战时，他出任"维希政府"的电影审查官、驻罗马尼亚大使和驻瑞士大使，这使得他在战后被指控投敌附逆，长期居住于妻子在瑞士的别墅，不复当年声望。一生中，他在瑞士住了25年。

1971年，垂垂老矣的莫朗写作《威尼斯》，据说当时迫切需要预支大笔款项，因此写得很快。但是，散文文体被他应用到了极致，他把回忆录、感官印象与历史思考捏合到一起，看似毫无章法，实则自出机杼，如威尼斯的光与影，难以言喻。可想而知，一位83岁的老人，怀念自己"穿着白色法兰绒"的青年时光，回顾自己波澜起伏的一生，有自我辩护的成分，也有老无所惧信笔写来的雍容。全书的"锚点"当然是威尼斯，但是视野绝不仅限于威尼斯。无论是伦敦、巴黎、泰国、瑞士、摩洛哥，他时时遭遇威尼斯——那些令人想起威尼斯的瞬间。同样，威尼斯又是岁月的浮标、藉此打捞往昔的印象与流动的故事。

莫朗与威尼斯的缘起可以上溯到婴儿时代。他说："我感觉整个地球对我都没有任何魅力可言，威尼斯和圣马可广场除外。"这是因为在他还是婴儿的时候，婴儿房里就悬着他父亲画的圣马可广场的水彩画。莫朗的父亲不是普通人物，他是戏剧家和画家，国立装饰艺术高等学院的院长，卢浮宫一隅的大人物。父亲交往的艺术家们包括马拉美、威廉·莫里斯、布朗库西、普鲁斯特、罗丹、王尔德等人。罗丹每周三中午来他家吃饭，王尔德去世时父亲是少有的几个送葬者之一。按照父亲的审美——罗斯金值得信赖，"绘画到塞尚就可以了，不用了解比他年轻的人。"莫朗既赞许又调侃地写到父亲的圈子："这个圈子不起眼，男人们对于事物要求极为严格，他们学识渊博，懂得权衡一切，品位最可靠。他们极其谦逊，厌弃时髦，腔调独特，令人不可小视。他们当中没有预言家，没有人敲打香槟酒瓶，也不会在礁湖上泛起波浪。他们不搞男女私通，妻子戴的项链都是穆拉诺水晶玻璃的。"

作为家中独子，莫朗深觉压力——据说父亲曾对儿子说"你又丑又笨又恶毒"。父亲本已经有"一种自我保护式的礼貌，一种荒诞的谦逊"，到了儿子这里，变本加厉，保持缄默到了神经官能症的程度，需要去找弗洛伊德医生就诊。莫朗听话、安静、不乱花钱、信守对神三德，但是他心理脆弱得就像一块威尼斯玻璃。幸好他同时继承了父亲的强健体魄，使得他在17岁时发现了身体与运动的价值。按照安排，他上的是巴黎政治学院，随后是牛津大学，但是他自己觉得毫无收获。19岁的这一年，他第一次"冲向意大利，就像冲向一个美丽的女人"。而20岁第一次见到威尼斯，他就把她当成了"红颜知己"。在威尼斯的教导下自我解放，成年后的莫朗站在了少年莫朗的反面：他从一个循规蹈矩的好学生变成了风流倜傥的浪荡子，他从罗斯金式审美走向先锋派革命。

普鲁斯特称威尼斯是"美的宗教圣地"，莫朗发现"美对于我来说只不过是一个用来逃避道德的借口。"《威尼斯》一书中，莫朗提及大量的"逃避道德"的人物，比如让–雅克–卢梭，交际花没有减轻他的寂寞，反而差点让他变得下流。比如司汤达，18岁就染上了花柳病，写出一本古色斑斓的《意大利遗事》。又如蒙田，"蒙田曾经去过一个文学交际花家中，这个女人给他念了一首她自己作的没完没了的哀歌。蒙田没有费太多气力就逃脱了花柳病害。"在莫朗笔下，虎虎有生气的还有同代人的速写，比如他写"女神"米西亚，"她像一头美丽的豹子，蛮横，残暴而浅薄"，她得到许多天才的钟情，包括雷诺阿、斯特拉文斯基、毕加索。堪称"现代的怪异女王"，比普鲁斯特笔下的维尔迪兰夫人更像维尔迪兰夫人。

用威尼斯的水蘸一下笔尖

《威尼斯》一书用颇多笔墨写了二十年代的文化氛围，民众纷纷投身于前卫派中，所有冒充高雅的人都想跻身其中。科克托和圣琼·佩斯等人在"无人抵抗下占领了这些荒废的地方"。从 1920 年到 1929 年，真是"疯狂年月"。可是，那个年代的明星在 70 年代依然光辉依旧，比如毕加索、普鲁斯特、夏奈尔，其他年代的明星们却易于昙花一现。莫朗不无幽默地总结说，"20 年代的快乐是无拘无束，但却不是无法无天。"那还是一个讲规矩的时代，"大运河上某些宫殿里的丑闻甚至都不会传到旅店的酒吧中。一场当地社会名流云集的船上晚会，既没有政治代表，没有借款介绍人，没有戴纹章却没执照的古董商，也没有那些靠八卦报纸上的传闻来充盈月底收入的年轻姑娘们。裁缝、香料商、供货商们还没有跟他们的客人混淆起来，大家都还穿着表明各自职业的服装。同性恋还只存在于男性中，上年纪的女士中尚未有人破例。白人不如黑人长得黑，放荡老女人的短处尽人皆知，她们也不会发表什么有教益的回忆录。天主教的教士与新教的牧师也不相像，社会学专业的大学生不会化装成库尔德牧羊人的样子，而库尔德牧羊人也不会化装成跳伞员的样子。"

《威尼斯》一书里藏得最深的，当数莫朗为自己"法奸"身份的自我辩护。他巧妙地指出："威尼斯没有抵抗阿提拉、拿破仑，也没有反抗哈布斯堡家族和艾森豪威尔，她有更重要的事要做：存活下来。""对作家和农民而言，和平没有那么五花八门，和平只有一种。一直以来我只热爱和平本身，奇怪的是这份忠贞让我背叛了革命。出于忠贞，1917年我经历了极度激进的左派，1940年又进入了莫拉斯所支持的维希政府中，我在那里一样不自在。"

作为文体家，莫朗并未浪得虚名，文中常有神来之笔。他写景物："大运河边上的宫殿缠绕着黑色水藻和贝壳织就的腰带。"他写食物："中午，谁都不再说话。威尼斯人嘴里塞满细面条，他们在里面加了那么多的海鲜，面条简直成了海藻。"他写简明历史："威尼斯人发明了所得税、统计学、国家公债、书籍审查、博彩、犹太区和玻璃镜子。"短小、优美、奇妙、辛辣。

"琐事正是我们在回忆录中所追寻的一切"，莫朗慷慨，不仅奉献出有关自己的琐事，由于他交游广阔，几乎把一战前至二战后的欧洲文艺界名人们"一书写尽"了。关键在于，以绅士风度写八卦，以简洁笔法写细节，足以体现文体家的技艺，如他自己所说："威尼斯的运河乌黑如墨水，这是让‒雅克‒卢梭的墨水，夏多布里昂的墨水，巴雷斯的墨水，普鲁斯特的墨水。在这里蘸一下笔尖，不仅仅是一项极简单的法语的义务。"

书信中的马赛尔·普鲁斯特

(一)

大陆最新出版的普鲁斯特传记是英国学者亚当·瓦特(Adam Watt)写的《普鲁斯特评传》,原作出版于去年,今年就有译著问世,够快。普鲁斯特迷们不难发现,今年三联书店出版了企鹅传记丛书中由爱德蒙·怀特(Edmund White)撰写的《马塞尔·普鲁斯特》,该书不无争议;上海译文再版了徐和瑾先生翻译、安德烈·莫洛亚(André Maurois)的《追寻普鲁斯特》,此书通俗晓畅,传与评兼得,是老派风格。如果算上昔年出版的法国第一部研究普鲁斯特的专著、莱昂·皮埃尔-甘(Léon Pierre-Quint)的《普鲁斯特传》、热内·培德的《追忆逝水年华之前:普鲁斯特之夏》、阿兰·德波顿的《拥抱逝水年华》、克洛德·莫里亚克的《普鲁斯特》，在中文版普鲁斯特传记这个领域，也算是小有可观。

不过，以上这些还全都是"小书"，迄今为止，两部权威之作——乔治·品特（George D. Painter）的首部英文传记和让-伊夫·塔迪埃（Jean-Yves Tadié）的最厚法文传记——尚未译介，新近威廉姆·卡特（William C. Carter）专注于私人生活的《恋爱中的普鲁斯特》也未见踪影，至于学术研究需要的普鲁斯特笔记和《通信集》更是遥遥无期。最后这部"大书"由菲利普·科尔布（Philip Kolb）编辑，陆续出版于1970—1993年，对于还原普鲁斯特的生平与交游功莫大焉，只是，它长达21卷，科尔布本人为这个浩大工程手写了4万张卡片，未待集子出全就在1992年辞世。法郎士有名言："生命太短，普鲁斯特太长"，从学术的角度，亦是一语中的。

普鲁斯特一生没有留下日记和自传，因此，通信是解他的重要材料。幸运的是，在那个时代，人们信写得勤，即便不像今人写电子邮件那么勤，也相差无多。而普鲁斯特作为"社交迷"、法国书信"祖奶奶"塞维尼夫人的崇拜者，信写得尤其勤。信如其人，普鲁斯特的信，敏感、机智、经常是迷人的，有时是气人的——

他不停道歉、解释、为解释而道歉、为道歉而进一步解释，唯恐失了礼数，啰嗦冗长，没完没了。

1922年普鲁斯特去世后，他的弟弟罗贝尔不仅替他出版了《追忆逝水年华》的后3卷，还在1930年至1936年间整理出版了他的6卷信件。随后，与普鲁斯特有通信关系的人们以各种方式陆续出版或刊出了一批信件。目前美国伊利诺伊大学的科尔布－普鲁斯特数据库收录了1 100封信，但这远远不是全部。仅在2010年，法国巴黎书信与手稿博物馆举行的"普鲁斯特：从逝水年华到韶光重现"展览，就展出了几十份从未发表的书信，对于研究者，无疑是座令人眼红的富矿。

书信的收集有偶然性，搬迁、破产、火灾、虫蛀、水淹、遗忘、家人销毁乃至朋友绝交，都有可能影响到书信资料的完整。比如《在盖尔芒特家那边》出版后，谢维涅（Chévigné）伯爵夫人认为影射了自己，怒不可遏地斩断了与普鲁斯特长达二十五年的友谊，还焚烧了普鲁斯特的许多信件。又比如普鲁斯特的"精神继承人"让·科克托，有个秘书莫里斯·萨克斯（Maurice Sachs），也是一个小文人，他竟然瞒着科克托卖了普鲁斯特的书信换钱。目前，相对完整的往来通信包括普鲁斯特与施特劳斯夫人（Mme Straus）、达尼埃尔·阿莱维（Daniel Halévy）、雷纳尔多·哈恩（Reynaldo Hahn）、吕西安·都德（Lucien Daudet）、加斯东·伽利马尔（Gaston Gallimard）、雅克·里维埃尔（Jacques Rivière）。这其中，施特劳斯夫人是普鲁斯特进入巴黎社交界的重要"引路人"；阿莱维是他中学时代的好友、后来的历史学家；伽利马尔和里维埃尔都是出版界人士；而雷纳尔多·哈恩和吕西安·都德，则是普鲁斯特一度徘徊其间、难以抉择的同性伴侣。这些素材作为一手资料，对于深入了解普鲁斯特其人其作自是大有助益。除此之外，大量的零散书信也可以令人从方方面面对普鲁斯特的世界惊鸿一瞥：有些是令人意外的，有些是让人感慨的；有些是视野宏大的，有些是鸡零狗碎的。

15岁时，普鲁斯特向外祖母汇报每日餐单："今天早上，我吃了：一个水煮蛋，两片牛排，五个土豆，一只冷鸡小腿，一只冷鸡大腿，三份烤苹果。"真是年轻人的惊人食量。31岁时，他向母亲汇报一日饮食："两块菲力牛排，我吃得一点不剩；一整盘炸土豆；格鲁耶尔奶油干酪；两个羊角面包。"而他的晚年，为了写作靠咖啡因和药物维持，除了一点羊角面包几乎不再进食，形销骨立到只有90斤重。虽然是两条细微的小材料，放到整个人生里看，亦能发人感慨。

17岁时，普鲁斯特给祖父写信紧急索要13法郎。原因是，父亲想干预他的同性恋倾向，给了他10法郎，让他去妓院体验一下异性间的性爱。可惜普鲁斯特过于紧张，打碎了妓院的一只价值3法郎的夜壶，既没有了激情，又白白花销了钱财，还欠了妓院3法郎的债。普鲁斯特希望祖父给他钱，还掉欠款，并把没有完成的事情再做一遍，他不无幽默地写道："我可不敢这么快就向爸爸要钱，而且我期待您能够帮助我，如您所知道的，这件事不只是偶然的、也是唯一的，在一个人的一生里，一个人太沮丧了以至于不能拧紧螺旋的事情，不可能发生第二遍。"如此尴尬事，解释得如此直白又幽默，不免让人对普鲁斯特性格的复杂性刮目相看。

38岁时，普鲁斯特给自家厨娘塞琳娜·科坦写了一张感谢便签："塞琳娜，我向您致以诚挚的赞美，感谢您那道出色的红酒炖牛肉。在我今晚的工作中，我希望能取得如您一般的成果。我希望我的文笔如您做的肉冻一样干净、坚定；我的思想如您做的胡萝卜一样美好，如您做的肉一样又营养又新鲜。在期待自己的工作能够成功的同时，我祝贺您已经获得了您的成功。"普鲁斯特对底层成员一贯慷慨大方，这是人们所熟知的，但是言及他对他们的赞美和尊重，则是人们所不熟悉的。

43岁，同性情人阿格斯蒂内利驾机在海上坠毁，普鲁斯特痛不欲生。特别是，阿格斯蒂内利死时怀揣大量现钞，是普鲁斯特给的，他在飞行学校登记时还隐去真名，组合了普鲁斯特小说中两个人物的名字：马塞尔·斯万，这让普鲁斯特尤其难过，深悔是自己的经济支持让情人如此下场。一生中，普鲁斯特也算阅人无数，唯有与阿格斯蒂内利一波三折，热恋、争吵、负气、出走、跟踪、追悔，一样不缺。数月后，在给哈恩的信里，普鲁斯特坦诚地说："我真正地爱过阿尔弗雷德。说我爱过他还不够，我仰慕他。我不知道我为什么要用过去时。我依然爱着他。"

在普鲁斯特的全部书信中，这封最为重要，从此专家们在《追忆逝水年华》里重要人物阿尔贝蒂娜身上,频频解读出阿格斯蒂内利这个原型。

也是那一年,普鲁斯特已经处在隐居著述状态,有一天,他在睡衣外罩上皮衣,于午夜时分来到街上,在巴黎圣母院圣安娜大门伫立整整两个小时,冒着感冒的风险只为了落实小说中的细节。第二天早晨,他给毕生好友施特劳斯夫人写信说:在这座大门前,"八百年来聚集了一批魅力无穷的人类,远远超过我们与之交往的那群人。"都说普鲁斯特是个"势利者",恐怕要看到深处,才会体会他对他"与之交往的那群人"的揶揄和讽刺。

一般规律,造神只需很少的文字,越少越有神秘性与权威性;造人则需很多的文字,越多越血肉丰满、骨肉停匀。洋洋大观的普鲁斯特书信虽然如他的小说一样,勾勒出事无巨细的细密画,但是从另一方面来看,如实出版这些书信也是一桩风险颇大的事情,不仅是因为普鲁斯特从未想过自己的书信会公开出版,也是因为一般读者知道得越多、崇敬之心越弱。

1930年,弟弟罗贝尔出版了普鲁斯特书信选集第一卷,不仅无助于营造他的不朽,反而使他的名声颇受损害，因为其中包含了他写给罗贝尔·德·孟德斯鸠（Robert de Montesquiou，1855—1921）伯爵的信件，普鲁斯特在信中表现出来的"媚态"，令普鲁斯特迷们不解并且恼火。譬如1893年夏天，孟德斯鸠伯爵将自己的诗集赠给普鲁斯特，普鲁斯特在致谢信中不无攀附地将孟德斯鸠伯爵比喻为"一片繁星的天空"，而他自己则是"一条地上的蚯蚓。"——可以想象，在后世看来，这种表述无疑坐实了普鲁斯特"贵人迷"的恶评。

客观而言，往来通信也只能说明部分史实，通信本身的语境、书信的上下文、写作者的心态与情绪、写信人与收信人的权力关系、是秉笔直书还是琵琶别抱，都需要全盘考虑。从史料的意义看，仅靠通信是不够的，必然要辅以其他材料，才能完成相对圆满的解释。正是因此，塔迪埃的900页权威传记不仅包括信件资料，也有对普鲁斯特友人的采访，比如让·科克托和保罗·莫朗，而数部回忆录——普鲁斯特的忠实女管家塞莱斯特·阿尔巴雷（Céleste Albaret）的《普鲁斯特先生》，朋友热内·培德的《普鲁斯特之夏》，画家友人布朗什（Jacques-Émile Blanche）的《我的模特》，甚至玛尔塔·比贝斯科（Marthe

Bibesco）比较偏执的《普鲁斯特的奥里亚娜》——也都是绝佳的参考资料。从这个角度看，普鲁斯特对上流社会的逢迎，也当放置到更为宽广的语境中去还原。

（二）

按照历史的走向，贵族阶级的没落是必然趋势，可是贵族阶级用门第、血统、品位、身体和其他布尔迪厄所说的文化资本勉力维护自己的地位，构建出一整套社会差别-歧视体系。相对于祖传的蓝血贵族，觊觎爵位的被贬为"贵人迷"；相对于富豪世家，新富们被称作"暴发户"；相对于名声卓著的文化人，新晋的小文人只好敬陪末座；相对于时尚优雅的俊男靓女，病恹恹的人只能自惭形秽。总之，在上的贬抑在下的，在下的攀附在上的；假的试图伪装成真的，真的变换着法子防范假的。被上流社会和底层社会同样嘲讽的势利者们，是孜孜以求的野心家、模仿者和僭越者，他们梦想着攀附上等阶级，分享那个阶级所固有的优越感和特权，而只要目的达到，转眼就会傲视自己原属的阶级。或者，只有极少数人，如后半生的普鲁斯特，如梦方醒，意识到整套社会区隔机制中的虚假和恶意。

普鲁斯特出身于医生家庭，父亲阿德里安·普鲁斯特（Adrien Proust，1834—1903）是当时最负盛名的医学教授和执业医师之一，著作等身，曾任法国公共卫生总监，获得荣誉骑士勋章，与法国总统也有私交。从社会地位上看，属于上升的资产阶级。而在传统势力依然顽固的巴黎社交界，蓝血老贵族和拿破仑时代制造出的"帝国贵族"皆看不起资产者和"职业人士"；普鲁斯特的母系又是犹太人，主宰着财富命脉的犹太族裔在民间激起的是隐隐的排犹情绪，因此，普鲁斯特的出身多少有些"微妙"，不能算是"最上流"，只能算是"半上流"。普鲁斯特研究专家塔迪埃认为，普鲁斯特在四个层面上属于少数群体：犹太人、同性恋、小文人、病人。每次他走进室内，都会引起人们的窃窃私语。从这个角度看，普鲁斯特对上流社会的向往，既是对社会压力的一种反弹，也是对社会区隔的一种认可，表面上看是场喜剧，内核中是场悲剧。

传记作者爱德蒙·怀特指出，正如普鲁斯特的作品所表现的，他在年轻天真的时候，贵族的头衔对他而言就是与生活攸关的事情，是呼吸，是行走，是中世纪传奇的现代翻版。法国文化传统，贵妇人的裙角向来是小野心家们要竭力攀附的，巴黎等级分明的沙龙既是名利场，也是青年的晋身之阶。在《追忆逝水年华》里，马塞尔对世袭贵族"盖尔芒特家那边"的心驰神往，不放在这样的文化背景中殊难解释。普鲁斯特本人的无边勇气，不放在这样的具体语境中也无法理解。

一生之中，除了家庭圈，普鲁斯特的社会交往按照成长经历大致可以分为四组：一是他少年时代在香榭丽舍大街的花园里与之嬉戏的女孩子们。二是他的中学同学以及同学们将他带入的社交圈，在这个圈子里，他发展了自己的好友、同性恋人、文学同人，也为自己的小说准备了诸多原型。三是他三十余岁后交往的一小群贵族，他们的地位皆远高于他，但是史料较少，内情较不为人所知。四是他闭门写作直至辞世的岁月里所交往的下层社会人物，女管家、佣人、门房、侍者、男妓，还有以司机、秘书等身份出现的同性恋人，包括他一生的最爱、阿尔弗雷德·阿格斯蒂内利（Alfred Agostinelli）。目前最热门的研究集中在第四个圈子，卡特等人对普鲁斯特的私生活津津乐道。而从理解《追忆逝水年华》的角度，还是第二个最为重要。不仅如此，第二个圈子的史料也最翔实，除了往来书信、他人的回忆录，还有普鲁斯特以笔名在《费加罗报》等报刊上撰写的社交专栏，以及他撰写的系列回忆文章《巴黎的沙龙》。

中学时代，普鲁斯特就读的是名校孔多塞，同学中间不乏权贵人物的后代，依靠同学关系，他敲开了一些"半上流"沙龙的大门。16岁左右，普鲁斯特开始钟情于同学雅克·比才（Jacques Bizet），雅克的父亲是著名作曲家、歌剧《卡门》的作者，已经逝世多年；雅克的母亲热奈维耶芙·阿莱维（Geneviève Halévy）是犹太裔音乐家的后代，爱好文艺。她居孀十年后，于1886年再嫁给律师埃米尔·施特劳斯（Emile Straus）。律师为富可敌国的罗斯柴尔德家族服务，自己也钱囊充实，还拥有丰富的艺术收藏，包括大量的莫奈画作。施特劳斯夫人有了财力支持，开办了颇负盛名的文艺沙龙。《通信集》中保留下来的数封信件，说明普鲁斯特多次或宛转或直接地向雅克"示爱"，尽管雅克没有满足普鲁斯特的愿望，他还是把普鲁斯特领回家、介绍给自己的母亲，也是因此，普鲁斯特得以踏入施特劳斯夫人新开不久的沙龙。

当此际，普鲁斯特16岁，施特劳斯夫人44岁。普鲁斯特按照自己对传统贵族社会的理解，扮演着古老骑士习俗里的"小侍从"，象征性地向施特劳斯夫人求爱、献花、写信，言谈得体，进退如仪。当第三共和国的达官显贵来拜访施特劳斯夫人时，总会在夫人身边一只硕大的长毛绒软垫上发现这个宠物一般的"宠儿"。而施特劳斯夫人也尽责地扮演着普鲁斯特文学上的缪斯和社交上的向导。在施特劳斯夫人的提携下，普鲁斯特结识了众多文艺人士和社会名流，比如大商人、著名丹第、顶级赛马俱乐部里唯一的犹太人夏尔·阿斯（Charles Haas），该人便是《追忆逝水年华》里夏尔·斯万的原型之一。1908年，施特劳斯夫人送给普鲁斯特一份小礼物：五个小小的记事本，正是在这批本子上，普鲁斯特开始写下一些片段，是为未来巨著的草稿。一生之中，普鲁斯特与施特劳斯夫人的通信最为持久，无论是艺术计划还是爱情生活，往往是和盘托出。

施特劳斯夫人有个娘家侄子达尼埃尔·阿莱维（Daniel

Halévy），自小与雅克·比才一起长大，同样就读于孔多塞中学，同样是普鲁斯特的同学。普鲁斯特不仅向雅克传达爱意，也向达尼埃尔发起了攻势，同样遭到拒绝。达尼埃尔眼中的普鲁斯特，"一双大大的东方式眼睛，宽大的白色衣领和飞舞的领带，就像茫然慌乱又令人不安的天使长。"虽然屡遭同窗嘲笑，普鲁斯特还是与他们合作，创办了一系列文学杂志，直到1892年大学时代还共同创办了《欢宴》。这批同学中的灵魂人物达尼埃尔，后来成长为著名的历史学家和传记作家，写有尼采和米什莱的传记；罗贝尔·德雷福斯（Robert Dreyfus），后来的历史学者，《费加罗报》撰稿人；罗贝尔·德·弗莱（Robert de Flers），后来的多产戏剧作家，法兰西学院院士；费尔南·格雷格（Fernand Gregh），后来的诗人与评论家，法兰西学院院士。"同学少年都不贱"，在等级社会中，精英的培养从少时开始，此时建立的人际圈子也维系终身。

大约在1889年夏天，普鲁斯特进入了阿尔芒·卡亚维（Madame Arman de Caillavet）夫人的沙龙。卡亚维夫人出身于富裕的犹太银行家家庭，会四种语言，美貌而机智。此前一年，她成为著名作家阿纳托尔·法郎士

（Anatole France）的情人，并在私家联排庭院里开办了一个以法郎士为中心的文艺沙龙，在鼎盛时期，每周日的宴会上出席的客人多达百位，既有政治家和外交家，也有诗人、画家和演员们。普鲁斯特对法郎士仰慕已久，见面后却大失所望，想象中的作家是一位"白发苍苍的温柔歌手"，真人却有"像蜗牛壳"的鼻子、黑色山羊胡子、说话还有点口吃。可能是卡亚维夫人游说之功，法郎士为普鲁斯特1896年出版的处女文集《欢乐与时日》写了序；作为回报，普鲁斯特在小说中为法郎士留了位子：作家贝戈特。

普鲁斯特与卡亚维夫人的独子加斯东·德·卡亚维（Gaston de Caillavet）更为亲密。加斯东比普鲁斯特年长一岁，对他呵护有加、情谊深长。1889—1890年，普鲁斯特服兵役时，每星期日来加斯东家度周末，晚上回奥尔良军营时，加斯东都要亲自送到火车站，有时用马车直接送到奥尔良。兵役结束后，普鲁斯特一度喜欢与卡亚维一家在网球场相聚。由于身体虚弱，他不能打球，只负责点心供应，是场外树荫下夫人小姐群中大受欢迎的人物。

现在流传下来的一张著名照片摄于1892年的网球场，

普鲁斯特双膝跪地，以一只网球拍充当吉他，向凳子上站立的小姐"献唱情歌"。那位小姐是让娜·布盖（Jeanne-Maurice Pouquet），普鲁斯特童年时代的玩伴之一。每天下午在香榭丽舍大街的花园里活跃的女孩儿们，合在一起就是《追忆逝水年华》中的"吉尔贝特"。多年以后，她们"变成"了拉齐维尔王妃、孔塔德伯爵夫人、克罗兹夫人和加斯东·德·卡亚维夫人——1893年4月，加斯东娶了让娜·布盖，婚礼上普鲁斯特充当伴郎。普鲁斯特虽然是同性恋，却总是装作对贵妇很有兴趣的样子，他对让娜就是如此。这一段时间里，他总是索要让娜的照片，以致加斯东动了气、起了疑。

依靠施特劳斯夫人和卡亚维夫人的"台阶"，1892年，普鲁斯特得以结识玛蒂尔德公主（La Princesses Mathilde，1820—1904），并进入更为高级的帝国沙龙。玛蒂尔德公主是拿破仑一世的侄女、拿破仑三世的堂妹，在第二帝国和第三共和国时期主持的沙龙极富威望，座上客曾经包括戈蒂耶、福楼拜、罗西尼、圣勃夫、梅里美、大小仲马、龚古尔兄弟等人，有"艺术圣母"之名。普鲁斯特觐见的这一年，大部分座上客都已仙逝，公主也是个垂垂老矣的妇人，按照老派规矩，她送给普鲁斯特一块她裙子上的绸料，他可以去做成一条领带。就像在其他的沙龙一样，普鲁斯特迅速成为公主的宠儿，有资格陪着公主定做衣服、访朋会友。公主念念不忘法国大革命，因为"帝国贵族"的统绪正是靠此奠定，但是在世纪末，豪奢虽在——按照公主宴客的场景，普鲁斯特写了盖尔芒特王妃和帕尔玛公主的晚会，内里的精神支柱却日渐贫乏，时过境迁了。

相比之下，另一个不那么拘礼的、生机勃勃的沙龙更能吸引年轻的普鲁斯特，这就是女画家玛德莱娜·勒梅尔（Madeleine Lemaire，1845—1928）的沙龙，她是小说中维尔迪兰夫人的原型之一。勒梅尔夫人拥有"丁香的庭院和玫瑰的画室"，她是花卉和风俗画家，尤以画玫瑰见长，被誉为"玫瑰皇后"。她的沙龙就是她的画室，庭院里鲜花满布，画室内玫瑰绚烂，不仅玛蒂尔德公主会纡尊降贵前去拜访，威尔士王妃、德国大公、比利时王后和瑞典国王来巴黎时，也会顺访一下，因此带给她空前的名气。勒梅尔夫人的沙龙以音乐和舞蹈见长，明星汇聚。每年五月，她组织的星期二晚会十分著名，邻近的四条街道都为之壅塞，不断涌入的王子、公主、王妃、公爵夫人、伯爵夫人、男爵夫人、大使、将军、财阀们，使预备的椅子远远不够用，连楼梯上都坐满了人，古斯塔夫·罗斯柴尔德男爵夫人在别的沙龙里都是前排就座的，现在为了看一眼钢琴家哈恩的演奏，都必须要爬上一条板凳。正是在这里，普鲁斯特第一次听到圣桑的奏鸣曲，也就是《追忆逝水年华》里"凡德伊奏鸣曲"的原型。自然，更为重要的是，1893年4月，普鲁斯特终于在这里结识了孟德斯鸠伯爵。

（三）

罗贝尔·孟德斯鸠伯爵家世显赫，祖先是《三个火枪手》中达达尼昂的原型，他本人是巴黎社交界的"教皇"，也是秉承唯美主义、注重自身形象的丹第（dandy）一族的"领袖"。他自命不凡、矫揉造作，声音像正在变嗓的少年，时常变得尖利；手势等身体语言也十分与众不同，比如为了掩饰他又黑又小的牙齿，他总是在大笑时以手掩口、并以手指轻拍嘴唇。

可是，公正地说，孟德斯鸠伯爵品味出色，他不仅左右着时尚潮流，也深刻影响着文艺趣味。是他推广了加勒和拉利克（Galle and Lalique）的玻璃工艺美术，资助了加吉列夫的俄罗斯芭蕾舞团（Diaghilev's Ballets Russes），捧红了美国画家詹姆斯·惠斯勒（James Whistler），为埃德加·德加（Edgar Degas）、古斯塔夫·莫罗（Gustave Moreau）、保罗 – 凯萨·埃勒（Paul-Cesar Helleu）等现代主义画家打通成功之路，若是没有他的捧场，后来大名鼎鼎的前卫俱乐部"屋顶上的牛"可能也不会那么牛气冲天。

在 1890 年代，孟德斯鸠伯爵在巴黎社交圈呼风唤雨，他租下位于凡尔赛的宫殿式夏季别墅，时常举办路易十四风格的豪华派对。在他看来，派对的目的就是一群人反对另一群人，所以请谁来不请谁来大有讲究，以恭维还是羞辱的态度对待哪些人尤其讲究，他自如而且残酷地组织着社交游戏，并在其中划分等级、实施社会区隔。偏巧上流社会和准上流社会爱死了这种勾当，半个巴黎都对他的请柬趋之若鹜。

普鲁斯特对孟德斯鸠伯爵极尽巴结、曲意奉承，他不仅把自己比为"蚯蚓"、把对方比作"天空"，还夸奖对方

"您不仅是流逝事物的、更是永恒事物的主宰",说对方的灵魂"是座稀有精美的花园",写信署名为"您寒微的、热情的、完全被迷住的马塞尔·普鲁斯特"。1894年,普鲁斯特难掩激动地在《费加罗报》上发表文章,描述了孟德斯鸠伯爵在凡尔赛举行的盛大"文艺聚会"——列举了到场的上百位嘉宾的姓名,非富即贵。普鲁斯特在姓名排序上严格尊重隐形规则,显赫程度为重,与孟德斯鸠伯爵的关系亲疏为据,最重要的贵妇人要多花些笔墨描述衣装,文艺界人士则统统靠后,勒梅尔夫人也只能出现在名单最后的四分之一处。排在第一位的是孟德斯鸠伯爵的表妹格雷菲勒伯爵夫人(Countess Greffulhe),她贵为"巴黎沙龙的女王",仪态万方、风华绝代,普鲁斯特一见惊为天人。这一次,普鲁斯特详细报道:"她的礼服由粉色丁香图案的丝绸制成,装饰着兰花,覆以同样色调的丝绸薄纱;她的帽子也饰以兰花,并围绕以丁香颜色的网纱。"

友人指出,"普鲁斯特长于奉承,就像寓言中的那只狐狸,而孟德斯鸠张开大嘴,掉出了嘴里的猎物。"孟德斯鸠伯爵的确帮助普鲁斯特获得更上流社会的邀请,格雷菲勒伯爵夫人就是其中之一。夫人的婚姻不算幸福,丈夫在外寻花问柳，她则永远在家吃晚饭（只有一次英国国王的宴会例外）。但是，她的晚宴是巴黎最顶级的社交场合，冠盖云集，礼仪俨然，非常正统，不像勒梅尔夫人的沙龙那么"随便"。与孟德斯鸠伯爵一样，她也是现代风格的推行者，德彪西、瓦格纳、斯特拉文斯基人等都受到她的扶植。1896年她在舞会上穿过的一条长裙迄今陈列在巴黎历史博物馆里，见证着她的优雅品味。于此，普鲁斯特终于找到了心目中的"盖尔芒特公爵夫人"。

孟德斯鸠还向普鲁斯特介绍了另一个表妹——安娜·比贝斯科-布朗谷文（Anna Bibesco de Brancovan）公主，她的父亲是罗马尼亚亲王，母亲是希腊钢琴家。1897年，安娜嫁给诺阿耶公爵之子，成为安娜·德·诺阿耶（Anna de Noailles）伯爵夫人。安娜非常有文学才华，一生有大量诗集行世，是获得法国三级荣誉勋位的第一位妇女，也是比利时皇家学院的第一位女院士。安娜结识普鲁斯特时只有16岁，二人发展了终身友谊，她既是普鲁斯特组织的聚会的常客，也是普鲁斯特的坚定支持者。依靠在新闻出版界的广阔人脉，安娜在普鲁斯特的出版事务上帮助颇多。附带一句，后来普鲁斯特的卧室全贴上软木也是安娜的建议。

贵族的世界攀藤牵蔓,当普鲁斯特终于迈进这扇大门,迅即结识了一批上层社会人士,包括安娜的堂兄、罗曼尼亚亲王安托万·比贝斯科(Antoine de Bibesco);格雷菲勒伯爵夫人的女婿阿尔芒·德·格拉蒙·吉什公爵(Armand de Gramont, duc de Guiche);他们的朋友贝特朗·德·费纳隆(Betrand de Fenelon)子爵;路易·德·阿尔布非哈公爵(Louis d'Albufera);加布里埃尔·德·拉罗什富科(Gabriel de La Rochefoucauld)伯爵。普鲁斯特与他们发展出一套暗语,分享一些秘密,也时而一起出门旅行,他们大约合成了小说中的青年贵族圣卢。

社会阶梯攀爬至此,普鲁斯特已经到了最高处。而从心态上说,他应该有自知之明,他只是这个顶层社会的"旁观者",从一切方面不可能与那些青年贵族平起平坐。据说,普鲁斯特在孟德斯鸠伯爵的庇护下初入社交界时,曾有一个小记事本,每当他在沙龙遇到一些有意思的人,便在这个本子上秘密地记录下他们的家世谱系和性格特征。与此同调,在小说中,当主人公马塞尔终于成了盖尔芒特公爵夫人的房客与沙龙宾客、从此跻身于最上流最高贵的小圈子后，他是不够踊跃的丹第、不太炫耀的食利者、无足轻重而文质彬彬的沙龙人士。家境富裕使他免于生计之虑，健康和性情的缘故又使他对名利看得淡泊，正是因此，除了自己的爱情生活外，他以旁观者身份生活在与他人的纠葛里，其中的莫大乐趣就是对上层社会真实面目的"发现"。正是这种"反转"，使得普鲁斯特的小说发表后，引起不少朋友的反对，不过更多人一言不发，以"印证"普鲁斯特所说的："书里的人物都是虚构的，不存在绝对的原型人物。"

普鲁斯特与孟德斯鸠伯爵的关系有其复杂性。瓦特等学者认为，1893 至 1894 年间二人曾经"擦出火花"，但是因性情不合，数月后只发展了类似于师生之谊的部分。当普鲁斯特与钢琴新秀莱昂·德拉福斯（Léon Delafosse）要好时，希望孟德斯鸠予以提携，孟德斯鸠做到了，德拉福斯的声望箭一般蹿升，不过随即孟德斯鸠要独占这位"天使"，普鲁斯特只好把感情转向另一个作曲家、雷纳尔多·哈恩。普鲁斯特一方面继续吹捧孟德斯鸠伯爵，组织他的作品朗诵会，发表《美的教授》；另一方面，他也常在公众场合模仿孟德斯鸠大笑、顿足、说话的样子，以博大家一笑，还声称要写一篇《论孟德斯鸠先生之简单》，时间久了，孟德斯鸠伯爵也有所耳闻，二人关系渐渐疏远。当《索多玛和蛾摩拉》一卷出版后，众人都从书中辨识出孟德斯鸠伯爵就是书中夏吕斯男爵的原型，兼有丹第和同性恋的特征。孟德斯鸠伯爵聪明地拒不"对号入座"，他只向一位友人表示，普鲁斯特的作品出版令他一蹶不振，卧病在床。他不无自嘲地询问另一位夫人，自己是否从此应该更名"孟德-鲁斯特"？

1910年，普鲁斯特在施特劳斯夫人的沙龙里结识了文坛新秀让·科克托（Jean Cocteau）。科克托被视为孟德斯鸠和普鲁斯特的天然继承人，也与二人发展了交往。普鲁斯特小说中的奥克塔夫有科克托的影子：聪明绝顶、不择手段、沽名钓誉、一心向上爬的年轻人。尽管在小说结尾普鲁斯特借助叙述者之口补充说，奥克塔夫后来成为一个伟大的作家，他的作品给当代艺术带来的革命性影响，绝不亚于俄罗斯芭蕾舞团，但科克托还是对此耿耿于怀。私底下，科克托认为所有的人物原型都可以轻松在普鲁斯特的小说中辨认出自己。在一篇回忆文章里，科克托写道："普鲁斯特毫不犹豫地评价上流社会的人士，称他们很愚蠢。他认为他们愚蠢而自命优越，这恰恰是自命风雅的定义。"无论出于何种动机，科克托说对了，也许在起步之时，普鲁斯特是一个"贵人迷"，但是抵达终点的时候，他成了那个社会最敏锐的观察家和讽刺者。

下辑

文森特·梵高之死，这很重要吗？

1889年，新锐评论家艾尔贝·奥里耶在唐吉老伯的画材商店橱窗里看到了两幅"向日葵"，旋即在1890年1月的《法兰西信使》创刊号上发表文章《孤独的灵魂》，将溢美之词雨点一样泼向文森特·梵高："一个象征主义者""一个狂热分子""一个喝醉酒的巨人""一个亢奋的唯美主义者""一个强健的、真正的艺术家"……这也是文森特在世时所获得的最高评价。1月20日，布鲁塞尔"二十人展"开幕，梵高的向日葵、麦田、果园和葡萄园首次被放置在塞尚、雷诺阿、劳特累克、西涅克等画家的旁边。3月19日，"独立艺术家沙龙"在巴黎开展，赞美之词如洪水一般涌来，"十幅画，见证一个罕见天才的诞生"。可是，盛誉之下他也只不过卖出了一幅画——还是毕生唯一一幅：《红色葡萄园》，400法郎。这迟来的声望未能缓解他一生所积累的精神焦虑，已经在精神病院出入多次的文森特前往小镇奥威尔。7月27日，他身受枪伤，29

日在弟弟提奥·梵高的怀抱里去世,终年37岁,留下近900幅油画与1100幅纸上素描。

作为文森特一生的经济支持者、也作为这大笔画作的继承人,职业画商提奥计划为哥哥举办一个盛大的展览,并推出哥哥的书信选,不幸的是,他自己也崩溃了——医生诊断是梅毒所致的肢体麻痹和精神失常。1891年1月提奥逝世于荷兰乌特勒支的一家精神病院,梵高家族对这不体面的死亡保持沉默,提奥遗体埋于公共墓地,连葬礼都没有举行。好在,提奥的妻子乔安娜·邦格承担起亡夫的志愿,从事文森特书信的出版和翻译工作。到1914年,书信选付梓,一个天才的内心世界得以为世人所知,"文森特之星"终于冉冉升起。又过20年,26岁的欧文·斯通依据这批书信写出了激情澎湃的传记小说《渴望生活:梵高传》,"艺术殉道圣徒"的形象自此深入人心。1953年文森特·梵高诞辰百年之际,隆重纪念活动使他的声誉又上升到新的高度,1956年由《渴望生活》改编而成的电影获得奥斯卡奖,文森特·梵高终于成了现代艺术史上永远的传奇。

一位痛苦而不被赏识的艺术家,为了逃避世人的漠视而结束自己的生命,这个故事太能满足大众泛滥的同情心。斯通这样悲情而又浪漫地描绘文森特之死："他把脸仰向太阳。把左轮手枪抵住身侧。扳动枪机。他倒下，脸埋在肥沃的、辣蓬蓬的麦田松土里——生生不息的土地——回到他母亲的子宫里。"歌手唐·麦克里恩也在《繁星之夜》里感喟："你如何承受天才智慧的折磨，你如何试图解脱自己……因为他们不能爱你，但你的爱是真挚的，当内心再也没有希望，在布满星星的夜晚，你像情人们常做的那样结束自己的生命。"自杀，这是画家传奇的重要组成部分，是戛然而止的最高音。所以假如有人论证说，文森特不是自杀，而是被十几岁的小流氓所害（尽管可能出于意外），而且发生事故的地点并非金黄色的麦田而是毫无诗意的粪堆，那么，奠基于传奇之上的"梵高文化工业"——展览、图册、学术研究、咖啡杯、雨伞、明信片、计算机程序——会不会受到影响呢？

史蒂文·奈菲（Steven Naifeh）和格雷戈里·怀特·史密斯（Gregory White Smith），两位作者都毕业于哈佛大学法学院，他们以特有的"专业敏感"复原了文森特死亡的场景，剥去年深日久、道听途说所形成的历史积垢，这算是新版《梵高传》的最大噱头。该书诞生于2011年，好评如潮，被誉为迄今为止最翔实的梵高传记。值得说明的是，二位作者的"法律精神"并不仅仅体现在有关弹道、距离、证据和推理之中，更体现为他们对文森特书信的"拷问"以及对于艺术家心态和精神世界的"查证"。

当年，提奥夫人乔安娜·邦格编辑出版的文森特书信只是选集，以"写给亲爱的提奥"为核心，而存世的几千封书信不仅包含兄弟二人的通信，还包含家人、朋友的相关通信，权威的阿姆斯特丹梵高博物馆耗费15年时间进行编辑整理，最后成果是出版于2009年的6卷本全集。奈菲和史密斯的研究奠基于书信全集之上，他们的睿智之处在于，"并未把梵高的信件当成其生活事件甚至是想法的可靠记录——至少没有这样来阐释。"他们认为信件与日记不同，"不是只供作者倾诉内心烦恼的媒介"，而是在特定语境下与特定对象针对特定问题的商谈，有目的、亦不乏文字策略。

梵高兄弟二人的人生际遇大为不同。身为著名的古庇尔画廊的经理，提奥春风得意，他赡养家庭、包括每月为哥哥提供100—150法郎的资助（当时一个教师的月收入不过75法郎），维持着家庭在社会中的体面地位，因此被家人宠爱、祝福、拥抱和喜欢。而一生"事业失败"、脾气暴躁（曾经在暴怒中拿起餐刀对着父亲）、索取无度、出入精神病院的文森特被视为"家庭的劫难"。身为牧师的父亲在对长子的遗憾中辞世，母亲对他不闻不问，认为他的艺术"荒谬可笑"，除了提奥之外，另外三个妹妹和一个弟弟与他相当疏远，以至于在他的葬礼上，家庭成员只有提奥出席。奈菲和史密斯提醒读者，由于二人的遭际反差过大，文森特与提奥的关系远非"我亲爱的提奥"那般单纯美好。文森特不断向弟弟要钱，以便雇佣模特、租赁画室、购买画材、支付旅费、出入妓院、买衣服、买家具、甚至装修整个房子——阿尔的黄房子。不仅如此，他还需要"说服"弟弟与他开创伟大的"商业计划"，以及从弟弟那里获得亲情友情手足之情。这些物质的和精神的剥削与需要，在书信中有着曲折的表达。两位作者指出：

"文森特在信中向提奥倾诉了多少心里话，他同时就在内心隐藏了多少真实想法，他害怕弟弟疏远他，进而威胁到弟弟对自己的经济资助，或是证实家人对他的言之凿凿的绝望判断。同时他可能利用敏感而棘手的问题作为要挟的利器：比如，威胁会采取一些影响兄弟情义或让家人尴尬的行为，从而迫使提奥拿出更多的钱；或者先主动提出某种不计后果的鲁莽做法，然后再将其弃之一边，这样来诱使提奥赞成他一直以来真正想做的事情。"

总之，文森特书信中叙述的准确性，乃至真实性，大可质疑。研究者发现，至少有几次，文森特为他的信草拟了好几稿。而在字里行间，引人注意的沉默、耐人寻味的不合理推论，或是闪烁其词的省略（"等等"是他喜欢的词），都是他用以掩饰痛苦、憎恨、屈辱和挫败感的手段。这种迂回婉转，有时变成了欺骗，对传记作者提出了特别大的挑战。

居住在艺术史中的艺术家是可亲可敬的，但是居住在隔壁的艺术家是有可能让人避之不及的。同时，望远镜或许有助于塑造圣徒，可是显微镜下绝没有英雄。这部《梵高传》厚达900页、90万字，在日常生活无数鸡毛蒜皮中"还原"的文森特·梵高形象，不再是80年来千万梵高迷所熟悉的"殉道者"，而是一个偏执的、自私的、心理与精神皆有着严重问题的艺术家。历史上第一个盛赞文森特的人，也就是那个年轻的艺术评论家艾尔贝·奥里耶说了太多主观的话，但他毕竟还是抓住了重点："他的大脑处于高潮状态，难以抵抗地将熔岩倒入艺术的深谷中；他是一个可怕的、发狂的天才，通常很高雅，有时行为怪诞，总是处于病态的边缘。"

当年的医生诊断文森特·梵高是"狂躁症，伴有典型的精神失常"，或是"潜伏性癫痫"，显然梵高家族一直有严重的精神疾病病史，基因或许是致病的重要原因。《星夜》完成一个世纪以后，科学家发现潜伏性癫痫发作类似于脑电波激起的火花，像是某种神经风暴，又像是大脑中的连环爆炸，而每一次癫痫性轰炸都会动摇大脑的神经运作功能，使人进入高度超现实的状态，很多情况下病人会产生宏大的宇宙观和宗教狂热。在这个意义上，"文森特笔下旋转的、给人以精神错乱之感的、宇宙形成的亢奋画面表明，他的防御机制已被攻破。"提奥曾经说："很多画家疯了以后才开始创作出真正的艺术，天才沿着神秘的轨迹成长。"的确，文森特艺术的爆发期与他的精神疾病同步，无论是星夜、丝柏、向日葵还是麦田，都有着一种神经质的抽搐与炸裂之感。提奥向第一位敢于赞赏文森特作品的艾尔贝·奥里耶表达感激之情："要知道，他的画就是他本人的写照。"

从传记写作的角度衡量，《梵高传》是"电子数码时代"的产物，两位作者发明了特别的软件来对多达10万张卡片进行数据处理，"幕后支持团队"包括8位研究者和18位译者，除了这一大部头纸质著作，还创建了一个将参考文献、文本注释、插图和照片融合在一起的网站，据说注释部分打印下来约需5 000页。难得的是，虽然有着深厚的学术研究基础，充塞着大量的细节与考证，本书却又不失故事性和艺术性，框架清晰，文笔清新，有成为畅销书的资质。

那些为我们的文化做出持久贡献的人，或许是因为被我们审视得太久，因此在我们的眼中无法保持纯洁。但传奇的传奇之处在于，尽管有后来无数颠覆传奇的努力，每一次翻案不过是加强了传奇的实力而已，就像水归于水，就像风归于风。所以《梵高传》并不会对梵高造成损失，甚至也不会对梵高文化工业造成损失。比文森特做了什么、说了什么、写了什么更重要的是，他画了什么。在他最后的几个月里，他画过一棵蓝色天空下的杏树，粗糙多节、濒临死亡的树枝歪歪扭扭地伸向天空，热烈地绽放出粉色和白色的花朵。艺术的动人之处，就在这里，如此简单。

谁的高更？谁的塔希提？

唯有看到那些天才的、但是原作者已经湮没无闻的作品，才会痛切地意识到：仅有天才是不够的，远远不够。在天才与名望之间山重水复、埋伏着各种看得见的手和看不见的手。尤其是当今世界，经纪人、评论人、收藏家和画廊共同操纵着小众趣味，然后经由拍卖行和大众传媒，使小众趣味变成大众向往，而只有极少数作品得以进入大学的课堂、博物馆的展厅和艺术史的章节，幸运地成其为"经典"。在这个"载入史册"的体制化进程中，天才固然重要、但是远非那么重要，重要的是附加于作者和作品之上的故事——俗称"卖点"的、可以一下点中大众心理"死穴"的那种"好故事"。

在保罗·高更的故事里，常常要被讲述的是1903年8月10日，高更逝世后三个月。在那一天，若不是法国医疗队到塔希提救灾，若不是医疗队中有未来的东方学大学者谢阁兰，若不是谢阁兰走进高更的小屋被他的作品所震撼，高更还会是今日的高更吗？——的确，这就是好故事的一部分，一个险些被遗忘的天才。而历史真相是，高更25岁开始习画，28岁就以《维罗弗莱风景》入选沙龙展。不久之后他遇见引路人毕沙罗，开始收藏马奈、塞尚、雷诺阿等人的作品。虽然他的正业是证券经纪人，人称"星期日画家"，但是他从31岁开始参加了第四届、第五届、第六届、第七届印象派画展，38岁他以19幅作品参加第八届也就是最后一届印象派画展，与修拉大受好评的《大碗岛的星期天》挂在同一面墙上。即便算不上功成名就，也绝非寂寂无名。简言之，谢阁兰没有那么重要，可是这个故事能够打动大众，因此不胫而走。

在保罗·高更的诸多故事里，最有影响力的当属毛姆的小说《月亮和六便士》，这部完成于1919年的作品以高更为原型，塑造了一个传奇的艺术家思特里克兰德，他抛家弃子，放弃优渥的证券经纪人职位，"被魔鬼附了体"一般追求自己的艺术理想。为了这个理想，他不惜伤害妻儿与朋友。为了这个理想，他甘愿承受饥寒交迫之苦。为了这个理想，他最终摆脱了世俗尘网，在远离文明世界的塔希提找到了创作的沃土和心灵的家园。他画下与他同居的土著女子，他画下宛若天堂的风景，他画下自己对人生的终极思索。在染上麻风病双目失明之前，他在自己住房的四壁画下了一幅杰作，然后命令土著情人在他死后将此付之一炬。《月亮与六便士》是如此成功，不仅使塔希提成为艺术爱好者的圣地，更使高更那超拔脱俗、孑然独立的形象深入人心。毛姆在小说里犀利地指出："制造神话是人类的天性。对那些出类拔萃的人物，如果他们生活中有什么令人感到诧异或者迷惑不解的事件，人们就会如饥似渴地抓住不放，编造出种种神话，而且深信不疑，近乎狂热。这可以说是浪漫主义对平凡暗淡的生活的一种抗议"。

说高更是心血来潮投身艺术，实在是对他的误解。正是因为长期浸淫在印象派的圈子里，当1882年，股市大崩盘，他丢掉了股票经纪人的工作之后，才会自信地认为可以将业余爱好转变成职业追求。画商提奥·梵高，即画家文森特·梵高的弟弟，一直看好高更的前景，1888年开始替他卖出画作。在金融业工作多年的高更甚至提出一个庞大的计划，要求提奥筹措60万，包下印象派的作品，"确立自己印象派画家经纪人的地位"——不能不说，高更极有远见，虽然他自己运气不好。

真实的高更在妻子和五个子女之外，的确有数个情人和两个私生子——梵高曾感叹："他在创造孩子的同时，竟然还能创造作品！"与小说不同的是，他没有麻风病，没有失明，没有疯癫，也没有斩断与世俗世界的联系——他始终在与妻子梅特通信，为金钱的匮乏所折磨，为朋友的反复无常而苦恼，特别是，他在塔希提完成的杰作源源不断地运回巴黎，挂进画廊，最终由他所鄙夷的资产阶级装饰客厅。毛姆小说里提及的那幅大型杰作，应当就是1897年的《我们从哪里来？我们是谁？我们到哪里去？》，当时高更49岁，得知爱女阿莉妮去世的消息后一度精神崩溃，在突如其来的艺术激情中创作了这幅4米半的巨画，它没有被烧毁，现藏于美国波士顿美术馆。

不难想象，当高更的妻子梅特读了《月亮和六便士》，她说她没有找到思特里克兰德与她丈夫的一丝相像之处！因此不难理解，高更之子保拉·高更所写的《我的父亲高更》没有什么传奇色彩，寡淡得如同一杯白开水。这部发表于1937年的传记有相当可靠的资料来源，除了童年记忆、母亲等亲人的诉说外，还有母亲保留的来往书信，以及两种公开出版的高更私人信件集。儿子笔下的高更，是艺术家也是普通人，那些灿烂的塔希提绘画，绝非是一个自由的灵魂在狂喜与安宁中的随意吟唱，而是一个痛苦的灵魂辗转于高天与泥沼之中，竭尽全力通过创作超脱、也通过创作遗忘的"天鹅之歌"。

　　高更故事一直在延续，最近的一个是2003年高更去世百年后，秘鲁作家略萨完成了长篇小说《天堂在另外那个街角》，平行叙述高更与他的外祖母、社会活动家弗洛拉·特里斯坦的故事。外祖母为之奋斗的天堂富于社会主义理想，是为工人、女人、边缘人服务的；高更的则完全相反，他的天堂只有解放的自我，只有纯粹的艺术精神。从家世上看，高更的外祖母可能有西班牙-秘鲁血统，高更幼年丧父，为母系的叔祖收留，在秘鲁的利马度过被热带熏风吹拂、被中国仆役围绕的童年生活。高更喜欢称自己是"野蛮人"，也的确拥有黝黑的皮肤和轮廓鲜明的五官。17岁时母亲去世，他在勒阿弗尔港当了水手，后来还加入海军服役，随舰船参加普法战争。虽然在23岁回到巴黎之后，他在姐姐的帮助下当上证券经纪人，从而过上了香车宝马的资产者生活，但是野性一直是他性情的重要特征。与一般弱不禁风的艺术家不同，高更的身高虽然只有1.63米（五英尺四英寸），但他体魄强壮，腿脚硬朗，从不回避肢体冲突，"最粗心大意的人也不敢在他面前放肆"。而且他将雌雄同体视为最具性诱惑的形式，自诩男人和女人都能感受到他的身体魅力。早在阿旺桥时期，高更就有意塑造自己的"来自秘鲁的野蛮人"形象，留长发，奇装异服，富于异域情调，在圈内人看来，他多多少少有些自恋和自大狂。

作家纳博科夫提出，"要小心那最诚实的中介人。要记住，别人给你讲的故事实际上是由三部分组成的：讲故事的人整理成型的部分、听故事的人再整理成型的部分、故事中已死去的人对前两种人所隐瞒的部分。"在高更的故事或神话中，高更本人的讲述无疑最应该被重视。可叹的是，他的讲述却一再被他人"整理成型"。

与一般画家不同，高更很重视"艺术宣言"，他曾经想拥护塞尚，又想取悦修拉，发表能够阐释画派理念的文章。可惜这两个意向均告失败。不久，他与亦师亦友的毕沙罗反目——诅咒点彩派那"该死的点子"，因此被彻底清除出巴黎的前卫艺术圈。在法国北方的阿旺桥，高更是一批漂泊的年轻艺术家的中心人物，总在旅馆客厅里高谈阔论，并与贝尔纳开创了"综合主义"，可惜被毕沙罗等人指责为"水手的艺术，东捞一点，西取一把"。在法国南方的阿尔，高更受到梵高的热烈欢迎，二人本期望合作，"给世界留下一份新艺术的遗言"，不幸的是62天后不欢而散，梵高割下耳朵、送到高更常去的妓院。在这个意义上，1893年从塔希提归来后写出《诺阿·诺阿》的第一稿，是他终于写出的个人宣言，在给妻子梅特的信里，他说"我正在整理一部关于塔希提的书，它对理解我的绘画很有用"。

由于对自己的文笔不够自信，他请诗人朋友夏尔·莫里斯修改润色。1895年，高更第二次去塔希提，给《诺阿，诺阿》配上了一系列水彩画、木板雕刻和照片。但是1897年，莫里斯将第一稿的选段交给杂志发表，插入了不少自己写的诗歌，也加署了自己的名字，远在几千公里之外的高更写信抗议但是无果，好在莫里斯保留了高更的第一稿手稿，直到1908年卖给一位版画商。在高更逝世之后，谢阁兰买到了《诺阿诺阿》的第二稿手稿，这本小册子辗转归于卢浮宫。1954年，版画商的女儿偶尔在阁楼发现了第一稿手稿，出版了少量影印本。直至1987

年，两部手稿终于成为合璧，这一年，距高更逝世已经八十四年。

值得注意的是，高更吹嘘自己是一个"令人惊叹的说谎者"，不知他在《诺阿诺阿》里杜撰了哪些成分。而在书中的"补录"部分，开门见山，高更写了这样短短的一句："艺术作品后。真实，肮脏的真实。"在手记里，高更在塔希提很快从旁观者成了局内人，他学会了当地人的话，邻居不再把他当外人看待，赤脚行走，脚底长满厚茧，衣服穿得很少，几乎终年赤身露体，太阳再毒也不怕晒。他说："文明慢慢从我身上消退，思想也变得单纯了"。

他褪去文明的重要方面在于两性自由，包括对青年男性的欲望。生命的最后他在马克萨斯岛自建"欢乐屋"，上写"你们要神秘、你们要恋爱、你们才会幸福"。在塔希提，他的第一个情人迪迪，受了殖民地风气的"污染"，因此很快被高更抛弃。后来由母亲做主嫁给他的13岁的妻子特哈玛娜，温柔纯真，不过高更并未完全抛弃文明的偏见，比如他怀疑特哈玛娜有外遇，并以原谅对方而自得。后来因"家里有急事"离开塔希提时，特哈玛娜十分难过，高更在人生中又一次做了"薄情郎"。除了特哈玛娜，高更在第二次塔希提之旅时与14岁的帕呼拉同居，迁到马克萨斯群岛时又与同样14岁的瓦可沃同居。她们是高更的情人，更是他的模特，是塔希提风景的核心。

虽然《诺阿诺阿》与《瓦尔登湖》一样，是书写"回归自然"主题的杰作，但是在文本之外，人与事都没有那么单纯。显而易见，当时的塔希提根本不是未受西方文明影响的天堂，而是一个业已被殖民许久的、基督教化的岛屿——比如迪迪和特哈玛娜都是基督教徒。第二次塔希提之旅高更的一重身份是法国《胡蜂报》记者，对殖民统治者鱼肉当地人民的做法十分不满，他鼓动原住民反抗，当局判他三个月监禁和五百法郎罚款。在他突发心脏病去世后，主教向上级汇报说："最近小岛上没有重大事件值得一提，除了有个人，名叫保罗·高更的骤然死亡，他是知名的画家，但是是上帝和一切道德的敌人。"

无论如何，在美丽的南太平洋岛屿，高更的绘画终于有了鲜明的个人风格，在这个意义上，就像阿尔之于梵高，这是生命与艺术的盛放之地。天堂景象里的高更并非总是欢欣的，1898年他曾吞下砒霜自杀。在某种意义上，热带岛屿上植物有盛放就有腐烂，生活中的悲欣交集也属正常，不过在这部手记里，高更用朴实无华的文字，只留下了塔希提最理想化、最美好的部分，只有"诺阿诺阿"，在土著语言里的意思是"香啊香啊"。

另一个米开朗琪罗

1571年9月29日，米开朗琪罗·梅里西（Michelangelo Merisi，1571—1610）出生于意大利米兰。他的父亲为避黑死病，在米兰附近的卡拉瓦乔镇（Caravaggio）买有地产。长大成人后，伙伴们叫他"来自卡拉瓦乔的米开朗琪罗"，以区别于文艺复兴巨匠米开朗琪罗·博那多蒂（Michelangelo Buonarrotti，1475—1564）。再后来，当他成为罗马首屈一指的画家，就像"来自芬奇的列奥纳多"一样，因地称名，他被直接叫作"卡拉瓦乔"。目前，寄在他名下的存世画作有60—70幅，每一幅至少价值四五千万英镑。只有一幅画上有他的签名，该画叫《施洗者圣约翰被斩首》(Beheading of Saint John the Baptist)。他签的并非"卡拉瓦乔"，而是本名"米开朗琪罗"，确切地说，是"f'michelangelo"，"f"为"Fra"的缩写，是"团友"之意，代表着画家"圣约翰骑士团忠顺骑士"的身份，这也是他一生获得的最高社会地位。匪夷所思的是，不像一般画家把名字签在画幅一角，他把名字签在了圣约翰断颈处喷溅出的血泊旁，淋漓的暗红色，如同蘸着圣徒的血写下的"血字"。为这个"蘸血签名"，研究者们争论许久，最后还是符号学家力排众议——按照古老的浸信会传统，以圣徒之血签名，可得复活。

一、卡拉瓦乔热

"团友米开朗琪罗"果然"满血复活"了，不过是在三百余年之后。这三百余年中，他先是有很多追随者，包括鲁本斯、拉·图尔、圭多·雷尼、委拉斯开兹、哈尔斯、伦勃朗等等大师，随即他的名声以惊人的速度消殒，17世纪末期已经跌落到"粗劣的小画家"之列。19世纪唯一留意到他的是著名英国批评家约翰·罗斯金，可惜罗斯金不喜欢他的风格，说他满足于"恐怖的丑陋，罪孽的肮脏"。1921年，卡拉瓦乔的杰作《出卖基督》（Betrayal of Christ）在拍卖时不仅被更名换姓，而且只卖了8畿尼，约合50英镑。

因此，意大利艺术史家罗贝托·隆基（Roberto Longhi）在1941年撰文指出：卡拉瓦乔是"意大利艺术史上最不为人所知的大画家"。1951年是一个转折点，这一年隆基在米兰策划大展，将能搜集到的卡拉瓦乔存世作品放在一起展出，它们原先泰半尘封在博物馆的仓库和家族贮藏室里。大展十分成功，"卡拉瓦乔"这个名字重新风靡，其蹿红速度与他三百年前的陨落速度好有一拼。1962年，以研究巴洛克艺术而知名的英国艺术史家埃利斯·沃特豪斯（Ellis Waterhouse）对"卡拉瓦乔热"发表意见说："艺术历史文献的无知读者们如果认为卡拉瓦乔在文明史上的地位可与亚里士多德和列宁比肩，是可以被原谅的。"根据多伦多大学艺术史教授菲利普·佐姆（Philip Sohm）的研究，在80年代之后，卡拉瓦乔风头之健甚至超越了"那一个米开朗琪罗"。

"卡拉瓦乔热"首先是学术界的高烧。1955年，第一部有影响的专著、沃尔特·弗里德伦德（Walter Friedlaender）的《卡拉瓦乔研究》出版，他铺下厚重的基石，同时又展示了巨大的空白，因此吸引了相当多的学者介入这个"研究富矿"。经过半个世纪的积累，新编的卡拉瓦乔作品全集在参考书目部分一气开列出3 000多篇期刊文章、专题论文和书籍。据不完全统计，仅仅在21世纪的头十年，书名中带有"卡拉瓦乔"字样的出版物就有300余种。

从文献的角度来说，弗里德伦德的奠基性专著已经列出了早期5种卡拉瓦乔传记，它们互相龃龉，有的部分出入颇大。好在意大利是一个档案材料保持得相当完善的国家，半个多世纪以来，"索隐派"学者们在警察局档案资料库、法院庭审记录、贵族家庭账目、土地买卖契约、学徒合同、委托作画合同、赞助人与代理人的往来书信、骑士团与教宗的往来文书，乃至手抄本的页边苦苦搜索，渴望获得蛛丝马迹，以印证或是推翻早期传记材料的某个细节。可以说，每一条新确定的史料，都堪"造就"一个"卡拉瓦乔专家"。

同时，"技术流"学者也大有可为，X光射线、红外线反射、化学分析仪，高新科技被用于画作鉴定与分析中，画上的修改、颜料是否有荧光材料、底色上的笔杆刻痕，一寸一寸记录在案。也不乏大卫·霍克尼（David Hockney）这样的争议型研究者，试图通过"复原实验"证明卡拉瓦乔使用了透镜一类的光学仪器辅助作画。

"图像志"学者更是踊跃，对于画作主题和内容的分析源源不断地生产出来，有些大有过度阐释之嫌，比如《老千》(The Cardsharps)里右边少年的黄黑条纹背心，被认为是"蜜蜂"的隐喻，指涉着"逐利者"；《以马忤斯的晚餐》(The Supper at Emmaus)里基督是没有胡须的，又引发了很多反正统想象。

"卡拉瓦乔热"还少不了博物馆与商界的联手推动。各地的博物馆都以拥有卡拉瓦乔真迹为荣，哪怕只有一幅卡拉瓦乔，也期望着举办一次卡拉瓦乔专题画展。如果说昔日卡拉瓦乔的作品曾被替换以其他二三流画家的名字，利益驱动之下，现在则有越来越多的作品被贴上他的标签，仿本伪作层出不穷，难免鱼目混珠。老资格的大博物馆希望严格甄别卡拉瓦乔真迹，保守计算存世真迹在60—70幅之间，而博物馆新秀和各大拍卖行则不断推出新发现的卡拉瓦乔作品，将这个数字扩展到100幅左右——《施洗者圣约翰》(Saint John the Baptist)就有8幅，由此引发的冲突不胜枚举。

举例而言，《老千》是卡拉瓦乔的"成名作"，他自己可能画过两次，17世纪的仿本更多。苏富比2006年以4.2

另一个米开朗琪罗 195

万英镑拍卖了一幅私人藏家的"仿本",被卡拉瓦乔资深专家丹尼斯·马洪(Denis Mahon)买下,马洪及友人鉴定其为真迹,价值以千万为单位,由此引发原卖方与苏富比的官司。

近年来,"尘封的阁楼里发现卡拉瓦乔百余幅画作""两名教师发现卡拉瓦乔青年时代素描作品"等消息时有所见,专家对此大多一笑置之。至于卡拉瓦乔的"商用价值"自不待言,自从20世纪80年代卡拉瓦乔的头像印到了意大利最大面值的纸币上,他和他的画中人物频繁代言各种商品,有些颇为搞笑,如一款番茄沙司用了《犹滴与何乐弗尼》(Judith and Holofernes)中犹滴的形象,在画中,犹太寡妇犹滴正在割下异族将军的头,她满脸厌恶,"像解剖青蛙的女学生",这款包装设计令人迷惑,难道是画里的血渍可以让人联想到番茄沙司?

"卡拉瓦乔热"更是大众传媒的狂欢。从卡拉瓦乔身上,不难找到性格悲剧英雄的全套编码,包括幼年失怙、少年丧母、青年赤贫、兄弟失和、不修边幅、好勇斗狠、放荡不羁。言及人生的跌宕起伏,很难有艺术家将他超越,此时是红衣主教的座上客,彼时被房东扫地出门;本月受封为骑士，下月锒铛入狱；既是意大利要价最高的画家，也是时时需要告贷的浪荡子；为妓女他几次与人杯葛，为美童他数次为人告发；他是天才，他也是杀人犯；他的死犹如一出英雄末路的戏剧，十分赚人泪水。1986年，著名同性恋者、导演德里克·贾曼（Derek Jarman）在柏林电影节的开幕式上推出了电影《卡拉瓦乔》，突出了画家的激情、乖张和同性恋。2007年，法、意、西、德四国合拍的传记电影《卡拉瓦乔》则突出他与女人的纠葛、他对神学的探讨、他对贵族庇护者的利用。BBC连续拍了三个系列的卡拉瓦乔纪录片，分别是《艺术的力量：卡拉瓦乔》《卡拉瓦乔之死》和《反思卡拉瓦乔》。以卡拉瓦乔为灵感的芭蕾舞、音乐剧、现代舞剧、通俗小说屡见不鲜。每一条与卡拉瓦乔有关的新闻，皆能飞快地传遍世界。

卡拉瓦乔一定想不到的是，到了2010年，为了纪念他逝世400周年，意大利科学家们在埃尔科莱他的逝世地挖出了30—40具骨骸，最后以85%的把握，证明一块头骨、两块颌骨、一块骶骨、一块大腿骨属于卡拉瓦乔。这电视直播的媒体秀在骇人听闻方面，倒是颇有卡拉瓦乔气质。

二、那个名字

除了《施洗者圣约翰被斩首》以及几份委托合同上的签名，卡拉瓦乔没有留下任何文字笔墨，他的读写能力一度引起研究者的怀疑。幸亏20世纪90年代，研究者在陈年档案里发现了一份清单，是1605年因拖欠房租、房东暂扣了他的财产，为此而造的清册。其中提到一个小柜子，内有12本书。遗憾的是清单中没有附上书名，不能一窥画家的精神世界。好在它们证明了卡拉瓦乔有较强阅读能力——假若纯是绘画用的道具，应该不会有12本之多。总而言之，由于不能起古人于地下，目前流行的卡拉瓦乔生平基本是重重阐释的积累，既有部分史料，也有很多空白，连接这两部分的，有真知灼见，亦不乏"想当然尔"。

作为文献基础的是6种卡拉瓦乔早期传记。3种来自卡拉瓦乔同时代人，包括卡拉瓦乔的朋友、名医和鉴赏家朱利奥·曼奇尼（Giulio Mancini，1558—1630）、卡拉瓦乔的竞争对手、艺术家乔万尼·巴格利昂（Giovanni Baglione，1566—1643）、与卡拉瓦乔素昧平生的荷兰画家卡勒尔·凡·曼德尔（Karel van Mander，1548—1606）。还有两种是卡拉瓦乔逝世后60年面世的，分别来自意大利美术史家乔万尼·皮特若·贝洛里（Giovanni Pietro Bellori，1613—1696）和德国画家约阿希姆·冯·桑塔特（Joachim von Sandrart，1606—1688）。最后一种是1724年的一份手抄本，由一名神父兼业余画家弗朗西斯科·苏西诺（Francesco Susinno 1670—1739）撰写，20世纪60年代才被发现。这六种传记皆是合传中的章节或片段，长短不一，短的只有一段话（曼德尔），长的则近三万字（贝洛里）。像一切文献一样，作为史料，它们的真实性和准确性大可商榷。

经过与20世纪新发现的档案文献进行比照，人们不无惊异地发现，最客观的居然是卡拉瓦乔的"敌人"巴格利昂。巴格利昂曾以"诽谤"罪名将卡拉瓦乔告上法庭，卡拉瓦乔也曾向巴格利昂发出决斗邀约，而且他们二人在画坛的竞争十分激烈，但是毕竟同属于一个圈子，巴格利昂对卡拉瓦乔的言行和创作十分熟悉，也许还有惺惺相惜之意。

朱利奥·曼奇尼来自锡耶纳，大约1592年在罗马结识卡拉瓦乔，后来贵为教皇的御医。曼奇尼对画家

1595—1600年间的情况比较熟悉，惜乎所记异常简短。

荷兰人曼德尔在卡拉瓦乔逝世四年后出版《画家之书》，此书主要为"北方画家"的传记，涉及卡拉瓦乔的只是道听途说，他既没见过卡拉瓦乔本人，也没看过卡拉瓦乔的画。

写得最长最详细的是贝洛里，他本人是画家行会的职业画家、教皇的顾问，写的画家合传《艺术家生平》深具影响，被誉为"17世纪的瓦萨里"。书中关于卡拉瓦乔的章节整合了曼奇尼和巴格利昂的文字，并大大地扩充了画作的部分，总体上中规中矩，学院派味道十足。

桑塔特是来自德国的画家，以摹本和雕版技艺交游于各国大收藏家之间，曾为意大利大银行家文森佐·杰士汀尼（Vincenzo Giustiniani，1564—1637）侯爵整理收藏品图录，对侯爵收藏的卡拉瓦乔画作着墨甚多，画家生平部分基本照抄前作。

六种传记里面貌最不同的是苏西诺，他是一个不太为人所知的插图画家，曾在拿坡里、墨西拿一带游学，可能听闻了一些卡拉瓦乔在南方流亡时期的故事，隔着一百年的时光，史实早已经成了传奇，偏偏传奇是后世最为喜爱的。

将这六种传记摊开放在一起，是种让人着迷又头痛的经历。它们之间有沿袭、有扩展、有改造、有补充，悖谬之处颇多，更重要的是，今人所关注的重大问题，比如卡拉瓦乔的出身、早期教育、性取向、宗教信仰、死因，要么一片空白，要么疑云重重。吊诡的是，唯其如此，好事者才可能随意裁剪、大加渲染。近年来《M：成为卡拉瓦乔的人》《谁杀死了卡拉瓦乔》等介于虚构和非虚构之间的作品风行于世，不是没有原因的。

就以"米开朗琪罗"这个名字而言，引发的争议和问题已经不少。昔日很多研究者坚信，"米开朗琪罗"这个名字乃是卡拉瓦乔的父亲追慕大师、望子成龙的有意识选择。卡拉瓦乔的出生日期和地点未见于史料，也没有找到教堂洗礼记录。1983年，学者米娜·奇诺蒂（Mina Cinotti）发表了有关卡拉瓦乔家世的资料，查证出他的父亲和母亲1571年1月14日在卡拉瓦乔镇结婚，当地权贵斯福尔扎侯爵（Marchese Francesco I Sforza）是证婚人。现在一般著作将卡拉瓦乔出生日期写为1571年9月29日，之所以如此精确，是因为9月29日是天使长米迦勒

（Archangel Michael）的宗教"庆日"（feast day），按照意大利天主教文化传统，当天出生的孩子跟圣徒同名，"米开朗琪罗"是从"Michael Archangel"推演来的，而学者们再从名字"逆推"出生日。这算是个迷人的假说，事有可能查无实证。

环环相扣，牵扯出卡拉瓦乔父亲费尔莫·梅里西（Fermo Merisi）的身份。贝洛里提到卡拉瓦乔的父亲是石匠，少年时代卡拉瓦乔跟父亲学徒，从当搬运石头的小工做起，当一群画家在米兰画壁画时，他为大家准备胶水，于是对绘画一见钟情。显然，这一段倾向于"苦出身"。而桑塔特言及卡拉瓦乔的父亲出身高贵，有权贵家族的关系，偏向于"好家世"。说到底，从传记写作的角度看，非常低贱和非常高贵都是"神化"传主的常见手段，颇能迎合读者心理。

只是新发现的资料证明，贝洛里和桑塔特都写错了，费尔莫是一个普通的石匠工头，遗产中包括一些"旧的铁制石匠工具"，按照习俗一些文件称他为"师傅"，他的卡拉瓦乔地产价值500斯库迪，大约是中产阶级水平，但他既不是建筑师或建筑设计师，也不是侯爵的管家。侯爵参加费尔莫的婚礼,多半是看在费尔莫的岳丈大人面子上。

费尔莫的岳丈、卡拉瓦乔的外公是土地测量师,是为侯爵处理土地问题的重要家臣;卡拉瓦乔的姨妈是侯爵孩子们的乳母。从社会等级上看,卡拉瓦乔的母系要高于父系。露西亚结婚时比费尔莫年轻十岁,是第一次结婚,费尔莫是第二次婚姻,还带着一个拖油瓶女儿。露西亚连着生了四个孩子,不幸的是那块为避黑死病买下的地产并未起到避难所作用,费尔莫在卡拉瓦乔 5 岁时还是死于黑死病,由此"搬运石头的小工"这种煽情段子是完全的臆造。此后露西亚拖儿带女搬回娘家,在父亲和侯爵家族的荫庇下生活。侯爵夫人、来自显赫的科隆纳家族的康斯坦莎是卡拉瓦乔一生的庇护者,特别是在他成年惹下大祸的时候。至于 2007 年的电影《卡拉瓦乔》编派出画家对年长 16 岁的侯爵夫人的恋情,那就近于小说家言了。

历史就是如此,历史本身不存在空白,但是历史记录屡有空白,填充历史空白的努力既是史学的动力、也难免因好奇心和窥淫癖而走火入魔。我们已经不可能知道米开朗琪罗为什么叫米开朗琪罗了,可是总有小说家和好事者,不、死、心。

三、两个米开朗琪罗

苏西诺的卡拉瓦乔传中有惊人的一笔，说卡拉瓦乔在西西里画《拉撒路的复活》(The Resurrection of Lazarus)时追求写实主义，向医院要了一具腐烂的尸体，当其他模特抱怨尸体的恶臭时，卡拉瓦乔用一把短剑攻击他们，并强迫他们继续抱着尸体摆造型。为了使这个故事更加可信，苏西诺引用了一个传闻：米开朗琪罗·博纳罗蒂曾经把一个男子钉在木板上，然后用长矛去刺他，只是为了画出更具有说服力的被钉在十字架上的耶稣。且不论传闻的真假，苏西诺的叙述里暗含着将"这个米开朗琪罗"与"那个米开朗琪罗"加以对比的心思，可能也不乏用"老米开朗琪罗"提拔"小米开朗琪罗"的用意。

卡拉瓦乔出生时，文艺复兴巨匠米开朗琪罗·博纳罗蒂刚刚去世7年，乔治欧·瓦萨里(Giorgio Vasari, 1511—1574)的《著名画家、雕塑家、建筑家传》在3年前也出了第二版。作为米开朗琪罗的门生和友人，瓦萨里对老师的生平和作品无比熟悉，特别是在第二版中他参照米开朗琪罗指定的作者、阿斯坎尼奥·康迪维(Ascanio

Condivi，1525—1574）所撰写的《米开朗琪罗传》，对自己的《米开朗琪罗》一章做了校正，一时无出其右。在以后的四百余年里，瓦萨里塑造的米开朗琪罗形象深入人心，不仅罗曼·罗兰写《三巨人》时大量沿袭，就是近年BBC拍米开朗琪罗传记片，依然要一一搬演其中的故事。

作为"西方艺术史的第一位作者"，瓦萨里的风格影响深远。他对画家的关注和对艺术的关注平分秋色，按照20世纪初期英译本序言的评价，他的魅力在于"用朴实的手法记录了几个世纪以来关于艺术家的大量民间传说、传奇和传闻""他的著述是风格独特的、故事性的和易于阅读的。"至于"迂腐的评论家"对瓦萨里的批评——没有说明材料的来源、任意轻率地处理史实、照单全收各种传闻、文笔拖泥带水、充满陈词滥调的说教——一概被归结为"时代的过错，并非个人的过错。"

值得注意的是，虽然艺术史的书写方式随着学术化、专业化的演进变得一幅"新经院主义"调调，但是普罗大众喜闻乐见的艺术史依然要走瓦萨里路线，在讲艺术的同时穿插艺术家的故事，甚至需要通过讲故事来达到谈艺术的目的。相对而言，艺术本身是难以讲述的，艺术家的故事则容易讲述。普罗大众喜欢传奇，不够传奇的人很难被视为艺术家，久而久之形成了关于艺术家的刻板印象：半是天才，半是疯子。究其竟，这不是时代的过错，也并非个人的过错，而是一种社会精神现象。

塑造艺术家传奇的方式之一是"比附"。瓦萨里写米开朗琪罗，不断称赞其作品堪与"古代的伟大艺术家"相匹敌，同样，卡拉瓦乔的收藏者和传记作者们，也时时不忘另外一个同名大师。2011年的一部非虚构作品《卡拉瓦乔：神圣与世俗的一生》将相关章节命名为《与米开朗琪罗竞争》，作者安德鲁·格兰汉姆迪克森（Andrew Graham-Dixon）也认为，卡拉瓦乔自视极高，他一直有与米开朗琪罗一竞高下的企图。

米开朗琪罗青年时代塑有酒神巴克斯雕像，卡拉瓦乔早年的名作是绘画作品《酒神巴克斯》（Bacchus）；米开朗琪罗曾有一尊真人大小的丘比特大理石像，卡拉瓦乔也绘有真人大小的《胜利的丘比特》（Love Conquers All）；米开朗琪罗和卡拉瓦乔还有一组同题壁画《圣保罗的皈依》（The Conversion of St Paul）和《圣彼得的殉难》（The Crucifixion of St Peter）。瓦萨里浓墨重彩提到，米开朗琪罗曾塑有一尊"可以乱真的古代塑像",主题是沉睡的丘比特,而卡拉瓦乔在马耳他绘有一副栩栩如生的《沉睡的丘比特》(Sleeping Cupid)。

新发现的文件证明,卡拉瓦乔刚刚绘好这幅《沉睡的丘比特》,委托人、马耳他骑士团团长的秘书就迫不及待地将它展示给米开朗琪罗的侄孙看,并且特别派人将此画送到罗马,听取米开朗琪罗·博纳罗蒂家族现任族长的意见。我们无法知道卡拉瓦乔本人有没有向前辈巨匠"挑战"的意图,在一个异教神话和宗教故事同时作为艺术主题的时代,无数的巴克斯、无数的丘比特、无数的圣保罗和圣彼得被创作出来,起码,圣保罗和圣彼得那一组是教堂指定的内容,不是画家自己的选择,《胜利的丘比特》一幅也是贵族定制的"婚礼画",这种"同题画作"也许不是有意为之。

致力于图像学的学者们同样热衷于两个米开朗琪罗的比对,他们指出,卡拉瓦乔的《圣马太蒙召》(The Calling of St Matthew)里,耶稣伸出的右手明显是对米开朗琪罗《创世纪》里亚当之手的逆转拷贝。而米开朗琪罗的《圣殇》里基督无力垂下的右臂,被卡拉瓦乔借用到《基督下葬》(The Entombment)里，眼尖者还认出，《基督下葬》里抱着基督身体的圣徒尼哥底姆，那长相与米开朗琪罗酷似。眼尖者的本领不容小觑，米开朗琪罗西斯廷天顶画里大大小小许多裸像，他们不太费力地辨识出，其中一个扭身回首S形的坐姿，与卡拉瓦乔的《施洗者圣约翰》有几分相似。

我以为，在15—17世纪的历史语境中，艺术家对"图式"的挪用或致敬本是常规之举，就像"卡拉瓦乔主义者"模仿卡拉瓦乔，卡拉瓦乔除了米开朗琪罗，还从其他画家那里有所借鉴。这些相似的细节可以说明什么，但是分量并没有好事者所期望的那么多。

早期传记作者在描述卡拉瓦乔的生平时，也着意于寻找与米开朗琪罗的相通之处，就好像他们在写作时，手边备着一本瓦萨里的书。譬如，米开朗琪罗的生活非常俭朴，满足于一点点面包和酒，经常和衣而睡，不洗澡只擦身，靴子几个月不脱，以至于脱下来时会撕下一层皮；卡拉瓦乔也是如此，多年把一副肖像画当桌布，进简单的饮食，毫不在意个人的整洁，常年穿着破袜子破斗篷，"一旦他穿上一件衣服，不把它穿成破布片是不会脱下来的"。

又比如，米开朗琪罗时有情绪不稳定的状况，包括驱逐和打骂助手、顶撞教皇、拖延订单等等；卡拉瓦乔的多起街头斗殴事件、网球场杀人事件，也被处理为乖僻的性格使然。还有，米开朗琪罗笔下的圣徒们衣着朴素，他说"那时的人们并不穿金戴银，画里的人不是富人，而是至善的人，他们视财富为粪土。"卡拉瓦乔的写实主义更是有过之而无不及，圣徒们指甲肮脏，脚底沾泥，他以流浪汉为模特画圣徒，以妓女为模特画圣母，大有"基督守贫"的意味。

至于私生活，瓦萨里为尊者讳，只简略写到米开朗琪罗"最爱的是罗马的士绅拉瓦列里"，贝洛里等人也只含糊提及"卡拉瓦乔身后带着他的仆人招摇过市"，可是，从苏西诺开始，古风不存，艺术家的传奇向床笫倾斜过去。苏西诺"爆料"说：卡拉瓦乔逃亡墨西拿期间，经常尾随在兵工厂附近玩耍的男学生，说是为了观察他们的动态身姿以便创作，但是孩子们的文法老师却怀疑画家在周围游荡的动机，卡拉瓦乔愤怒异常，他打破了那个老师的头，然后逃离了墨西拿。这个含混的故事举足轻重，它撕开了第一丝裂隙。到1983年，霍华德·希巴德（Howard

Hibbard）出版权威传记《卡拉瓦乔》，联系卡拉瓦乔的早期画作，确认了卡拉瓦乔的同性恋倾向。其实，1605年卡拉瓦乔的财产清单上列了两张床，一张是两柱床，还有一张是"折叠式仆人用床"，证明画家与他的模特兼仆人弗朗西斯科·切科（Francesco Cecco）并非同床共枕。可是"内行"说，"没有恋童癖的人是不会欣赏到一个男孩的美的"，换言之，唯有同性恋才能看出画中人和作画者是否是同性恋，这就大有自由心证的意味了。

瓦萨里的传记写到，当米开朗琪罗的《最后审判》完成四分之三的时候，教皇的礼仪总管比亚焦·达·切塞纳（Biagio da Cesena）陪同教皇一起来参观，总管发表意见说，那些裸体人物恬不知耻地一丝不挂，实在是奇耻大辱，这不配一个教皇的礼拜堂，只配公共澡堂和小旅馆。米开朗琪罗为了报复，把切塞纳画成米诺斯，身处地狱的魔鬼中间，要害处盘踞着一条毒蛇。

2010年，意大利比萨大学艺术史研究员伊莲娜·拉扎里尼（Elena Lazzarini）发表文章说，米开朗琪罗的确是从罗马的公共土耳其澡堂里寻找男妓当模特，创作出《最后审判》中的诸多男裸体。也就是说，切塞纳或许是道出了实情。自从19世纪米开朗琪罗给拉瓦列里的情诗恢复面目且翻成英语出版之后,很多人对大师的性取向生疑,只不过环境限制不可造次。自从卡拉瓦乔"被出柜"后,米开朗琪罗的旧公案亦被拎出重提,他画的女裸体都成为证据——"看起来像长了乳房的男人",所以拉扎里尼不过是向骆驼身上又加了一根草而已。

令人悲欣交集的是,在我们的时代里,艺术要插上八卦的翅膀才能所向披靡。还是那幅《最后审判》,不少步入西斯廷礼拜堂的游客,除了米诺斯,也要寻找圣巴多罗买(新译巴托罗缪),这个被剥了皮的殉道者拿着自己被剥下的皮,站在基督的脚边。1925年有学者论证说,那皮上的变形人像乃是米开朗琪罗的自画像,所以它成了景点中的景点。时至今日,有关论证已经相当繁琐,且充满神秘主义的术语,简而言之,这异常悲惨的自画像有着宗教意味,"剥皮"象征着新生。这逻辑是否听来耳熟?它与卡拉瓦乔的"蘸血签名"殊途同归。如果说,卡拉瓦乔在20世纪60年代之后的"复活"是因为他的"坏小子"形象符合一代人叛逆、激进、性解放的潮流,他的"肮脏的现实主义"不仅政治上正确、美学上也正确,那么经过半个世界的热炒之后,物极必反,我想大众趣味的钟摆又该向回摆动了吧?米开朗琪罗的艺术造诣经得起考验,在把偶像拉下神坛的风气中,他从瓦萨里的"圣者"和罗曼·罗兰的"痛苦的天才"高度徐徐下降,如今也八卦一箩筐、有了新生的资本。当我听说,有勇敢的助理教授和梵蒂冈资深导游合作,从西斯廷天顶画里"解密"出犹太教神秘符号,并且这本书已经上了纽约时报畅销书排行榜,OMG,米开朗琪罗的确要强势归来了吧。

冰人夏洛特在无所之地的中央
打开一只康奈尔盒子

趋于宏大与归于微末，涉及时代又潜入生活，苦难与诗意难解难分，叙事与哲思纵横交错。这是一部无法界定文体、难以概括内容、不可能找到师承的个性之书。斯捷潘诺娃写尽记忆对于幸存者的意义与伤痛、记忆对于历史的抗争与补充、记忆对于记忆的执念与无能。就像本书的核心喻体瓷娃娃，它们在承载历史时受伤，也正是伤痕使得每个个体独一无二。而珍视记忆，就是为残缺的瓷娃娃树碑立传，使得它们不至沦为历史车轮下一粒看不到的微尘。

（一）作为"阿莱夫"的"冰人夏洛特"

在希伯来文中，"阿莱夫"是第一个字母。作家博尔赫斯在同名小说中赋予"阿莱夫"以神秘力量，它包含着世间的一切，独成一个宇宙，当你凝视"阿莱夫"，也就明了了隐藏的秩序。当诗人玛利亚·斯捷潘诺娃于莫斯科的古玩市场上邂逅并买下一个小古董，她意识到："这次讲述的真正的'阿莱夫'，已经被装进了我的口袋。"多么幸运，作家为自己的作品找到了一个中心喻体！

"阿莱夫"出现在《记忆记忆》的封面上，这是一个残破的白瓷小男孩，三厘米长，光着身子，一头卷发，有点像丘比特，终归是瓷体凡胎。在市场上，它们没有一个是完好无损的，多多少少都带些残疾，缺胳膊断腿的，带豁口的，有疤痕的。吸引斯捷潘诺娃的是女摊贩的介绍：这些造价低廉的瓷娃娃最主要的一个用途，是作为货物运输中的减震垫，以免贵重物品在运输途中相互磨损。换言之，这些瓷娃娃生来就是为了牺牲的。

作者这样写："我清楚地知道，我已经找到了这本书的结尾。这个瓷娃娃有多重寓意：首先，没有任何一段历史可以完好无损地流传下来，不是脚会受伤，就是脸会刮花；其次，空白和缺陷是生存的必然伴侣、隐秘发动机和加速装置；再次，只有伤痕将我们从批量产品变成独一无二的单品；最后，我自己也是这样的瓷娃娃，20世纪集体灾难的批量产品，同时也是其 survivor 和被动受益人，奇迹般地幸存了下来。"

在后来收集家族史资料的过程中，更多瓷娃娃的信息得以浮现。它们出产于德国图林根地方的霍伊巴赫小城，从19世纪80年代开始大批量生产，大约生产了半个多世纪。为了节省成本，只在正面上釉，一两个铜板的价格，使得它们在欧洲随处可见。既可以放在玩具屋当摆设，也可以裹进馅饼里看看谁有运气，似乎还可以放在茶杯里代替冰块——所以在英语世界现在有一个统一的称谓：frozen Charlottes，冰人夏洛特。至于充当减震垫的说法，既没能证实，也没能推翻。一个落雨的傍晚，作家的瓷娃娃摔碎了，她哀叹说："原本他还好歹诠释了家族和自我历史的完整性，突然间却变成了一个讽喻：历史无法言说，任何东西都无法保存，而我，完全无法从他者过去的碎片中拼凑出自我，甚至不能将其据为己有"。

瓷娃娃有三重比喻。第一重：成千上万的普通人，既像瓷娃娃一样脆弱，也像瓷娃娃一样坚强。他们承载着时代的重量，并因此而伤痕累累。牺牲是它们的宿命，残缺使它们各个不同。第二重：这些瓷娃娃又像普通人的记忆，是幸存的，又是破损的。唯其如此，后代才有强大的心理驱动力要将其修补还原。纵使记忆对客观事实的重构十分有限，记住它们并不完美的样子，总好过让它们化为齑粉。第三重：保存了瓷娃娃的人并不是瓷娃娃的终极拥有者，这里还有伦理与哲学意义上的更深纠葛。

俄罗斯诗人安娜·阿赫玛托娃曾说：世间最无聊的莫过于两样东西——他者的梦境和别人的淫乱。而斯捷潘诺娃相信："人最大的快乐莫过于聆听并未发生在自己身上的故事，为素昧平生者哭泣，呼唤从未谋面者的名字。"冰人夏洛特，幸存者的象征，幸存记忆的象征，微小、不美、背对我们、随时可能湮没在时间深处，纵然作者本身有"反记忆"的想法，而以文字将它挽留在纸上的这一刻，我想，终是有着人道主义的光辉。

（二）在"历史背阴面"枯坐的"幸存者"

斯捷潘诺夫、金兹堡、弗里德曼、古列维奇，一个俄罗斯家族，三个犹太家族，四个家族、五代人历经百年的血脉，流淌在玛利亚·斯捷潘诺娃身上。她从十岁起就试图写作一部家族史，挖掘其中的波澜壮阔以光耀门楣，只因为她"非常失望于家族成员的庸常职业：工程师啦，图书管理员啦，医生啦，会计啦，无一例外，全部普普通通、平凡无奇，任何快活或者冒险的气息都无从期待"。

在小女孩的视野里，家族里值得崇拜的第一个英雄是太姥姥萨拉·金兹堡，地方小镇的传奇女子，她坐过沙皇的牢房、在巴黎留过学、拿到医生执照、给苏联儿童看过病。家里有她繁多的照片和明信片。第二个英雄则是姨外公廖吉克，他二十岁在列宁格勒前线牺牲，女作家从母亲那里继承了装着廖吉克的信件、照片和阵亡通知书的大信封，也继承了对于廖吉克的崇拜。除了这两人，家族里所有的其他人"集体靠边站"，远离时代的风车矩阵。

就像《追忆逝水年华》里的主题，认识是在时间流逝中的认识，要经过三十五年的不断追寻，"从一个地方到另一个地方，从一本档案到另一本档案，从一条街巷到另一条街巷"，家族记忆、民族记忆、社会记忆与国家记忆，方才纽结着、在时间的显影液中缓缓浮出。

家族记忆可能是大大美化过的,"那是世代相传、添油加醋的结果"。萨拉参加了 1905 年革命,友人中甚至包括列宁的好友、后来当上全俄中央执行委员会主席的斯维尔德洛夫,的确了不起。不过,她在巴黎的学医生涯却没有那么了不起——法国医学院学费便宜、而犹太人获得医师执照可以摆脱定居地束缚,所以俄国女学生在法国学医的全部女生中占比高达 80%,甚至成为一个现象。回国后,萨拉远离革命,嫁给一位律师,行医直至 1949 年。1953 年发生著名的"犹太医生案",一大批苏联著名犹太医生被指控谋害党内高官,而萨拉"幸运地"中风,未被卷入政治漩涡,从此成了一名家庭主妇,"终日守着四面条纹墙纸和一个丑陋发黄的奶油罐"。

家族记忆中的空白、缺失与抵牾,是在民族记忆、社会记忆与国家记忆场域下的被动失语或主动删除。斯捷潘诺娃的母系这一方,祖上都是地方的犹太商人、资本家和企业主,在新政权下纷纷失去财产,或沉寂落寞、或不知所终。这个家族的百年经历与资产阶级革命、十月革命、大清洗、二战、冷战、苏联解体相始终,外加旧俄时代的排犹、战时的敖德萨排犹、苏联时期的犹太医生案。为了自保，祖辈有意隐藏记忆，三缄其口，在文牍表格的出身一栏慢慢"漂红"家世。好在秉承犹太传统，教育被当作头等大事，后代们多是医生、工程师、图书管理员、会计、建筑师这样的知识分子。孙辈终于可以在锅碗瓢盆、郊外度假小屋、茶炊和书信中过上庸常日子——"隐身在历史的背阴面，就这样在那里枯坐一生"。

再则，家族记忆与社会记忆、国家记忆相投契的部分，也常有难言之隐。这个家族处于时代主流位置的是二十岁就牺牲于前线的廖吉克。廖吉克在一封封家书里写着"一切都好"，实际却是"一切都不好"，列宁格勒的鏖战是浴血奋战，惨烈异常，而所有的前线生活细节在家书中一概不能提起。家族里另一个时代中坚是根正苗红的爷爷科里亚，16岁加入共青团，参与征粮别动队，一直做到部队政委，却险些在大清洗中被波及。在后半生里，不论说到别动队时的经历、还是那场牢狱之灾，爷爷总是讳莫如深。斯捷潘诺娃的父亲参加了热火朝天的苏联建设，但是当斯捷潘诺娃想发表他当年的家书，却遭到父亲的坚决拒绝。

就这样，一大家人在时代洪流中隐微地存在着。在斯捷潘诺娃看来，家族历史像是一部未偿夙愿的清单，可是在当事人看来，何尝不是一部侥幸逃脱的喜剧，他们不得不靠边站，也很愿意靠边站，作为大时代里的小人物，他们与宏大叙事保持距离，倒是在无聊日记、抽屉诗歌、手抄曲谱、业余绘画中消磨了岁月。到最后，斯捷潘诺娃认识到了关键所在："确定无疑的是，当下活着的我们所有人都是幸存者的后代，他们全靠奇迹和偶然才活过了多灾多难的 20 世纪"。

（三）"后记忆"与"无所之地"

动荡一经平复，总会奏响安魂曲。在历史学者玛丽安·赫希的著作《后记忆一代》中，"后记忆"的工作，就在于使机体复生，赋予其身体与声音，并按照自我经验和理解为其注入生机。她非常强调后记忆的创伤性，提出后记忆是"创伤性知识以及象征性经验隔代回归的机制。"而"俄罗斯，暴力不知疲倦地循环往复的国度，构成了独一无二的创伤连锁反应,这个国家率先变成了记忆位移之所。""后记忆"的重担于是落在了幸存者子孙们的肩头。问题是,当大量的创伤性"后记忆"文学作品问世,《记忆记忆》会不会只是其中的一本?

斯捷潘诺娃意识到,自己一直所做的,无非是弗洛伊德所说的"Family romances",感伤的往昔浪漫曲。而斯捷潘诺娃比绝大部分作家深刻且高明的地方,在于她有自反性:时时刻刻的自我怀疑、批判与犹豫。整本《记忆记忆》贯穿着作家的这种纠结,就像奥德修斯的妻子佩涅洛佩,白天织造,夜晚拆解。也是基于此,《记忆记忆》一边拆解/编织家族记忆,一边编织/拆解记忆理论,"原本关于家族的书到头来其实并非关于家族,而是关于别的什么。它更像是关于记忆之构造,或曰记忆之欲求"。

最近几十年来,记忆成了最热门的话题之一,记忆,连同其不可避免的主观性、谬误及偏差,摇身一变成了新时代的女神。正如法国评论家托多罗夫所说,"记忆如今已然成为新的偶像崇拜",这种崇拜大致包括两类,一是"过往崇拜",一是"童年崇拜"。斯捷潘诺娃敏锐地指出:

"对二者最为珍视的社会正是那些过去总是遭到扭曲、童年经常遭到滥用的社会。整个因循守旧的当代社会都仰赖后记忆的空气,它试图重现昨日荣光,恢复子虚乌有的旧秩序"。

作者对后记忆的非历史性感触颇深,她总结说:"记忆是传说,而历史是描述;记忆在乎公正,而历史要求准确;记忆劝谕训诫,而历史清算纠正;记忆是主观性的,而历史追求客观性;记忆并非基于知识,而是基于体验,比如感同身受,比如同情怜悯。从另一方面来讲,记忆的领域充斥着投射、幻想、扭曲,是将我们今天的幻影投向过去。……""在某种意义上,如何记忆过往,全凭我们自己决定:一千个人回首,便有一千种过往。无怪乎记忆总被拿来与务求精确的历史相对立:二者似乎都只是自我描述的手段,以便认清自我以及自我在时代中的位置,但较之于历史,记忆更加魅惑更加热辣,更加贴近肌肤,其最大的允诺,大概便是穿越过往的幻觉"。

斯捷潘诺娃区分了三类记忆:关于失去的记忆,忧郁,悲哀,明知失去,却无法挽回。关于得到的记忆,犹如午饭后的小憩,对得到的心满意足。关于非在的记忆,在所见之处看见幻影，幻想的记忆帮助人们逃避赤裸的现实。她的"记忆记忆"其实是"记忆非在的记忆"。无限绵延的空间、旷野过后仍是旷野、道路尽头仍是道路，英语中对这类空间有个专门的描述——in the middle of nowhere（在无所之地的中央）。在隐喻的意义上，记忆的空间亦是如此，它空旷、辽远、飞鸟不到，可供有心人随意入侵。记忆的叙事者之于过往犹如殖民者之于新大陆，他们对于过往的态度是扣押祖先做人质，掘地三尺，涸泽而渔。在对记忆材料的大肆劫掠、任意改造之下，假若无所之地出现奇伟的城池，那一定是源于后人的欲求、而不是祖先的需要。

《记忆记忆》中的一条隐线是斯捷潘诺娃外祖父母的爱情与婚姻，他们热恋时的书信在书中占了整整七页，但是外祖父钱包中一张陌生女子的裸照、外祖母钱包中一张写有陌生男子姓名的纸片，揭示琴瑟和谐的夫妻也有不为人知的另一面。同理，就像在华盛顿纳粹大屠杀遇难者纪念馆，最残酷的影像会有隔板遮挡一下，以保护这些裸体的遇难者的隐私。在有些时候，如果说记忆即正义，那么遗忘则是慈悲。

（四）成为"纪念碑"的"康奈尔的盒子"

斯捷潘诺娃用了三十五年时间写作本书，她说："这是一部家族纪事，又是一部讲述俄罗斯历史的小说，一部关于记忆及其怪癖的随笔集，一次注解20世纪的尝试，还是某种寻根之旅的见闻录。"还应该补上，这其实还是一部文艺批评、一部媒介哲学、一组纪念碑、一个康奈尔的盒子。

约瑟夫·康奈尔，狂热的纪念物品收藏者、美国装置艺术家，以"盒子系列"著称于世。康奈尔制作的这些盒子全都镶有玻璃，使盒子里封闭着的一组物品得以被观众看见。褐色天鹅绒、大颗宝石、16个透明立方体、蔚蓝色的玻璃，就可以致敬一位伟大的女芭蕾舞者。刨花、彩砂、软木球，不起眼的边角余料，也可以通过神秘的方式组合，从而获得被凝视的机会。康奈尔盒子是超现实主义的"奇趣柜"，兼有收藏、展示和记忆的功能，又将偶然性、任意性与艺术性合为一体，可以视为物质材料的记忆蒙太奇。

斯捷潘诺娃对记忆的媒介近乎痴迷，她在书中探讨了私人笔记、官方文件、相册、西洋镜、纪念碑、图纸、书信、回忆录、图片、肖像画、数字摄影等等，尤其对纪念碑情有独钟。她心目中的纪念碑，并非体积巨大的官方勒石，却可以是日用品、碎布头、碗碟、墓志铭、箱子上的图画、两个人私下签署的秘密协定……"纪念碑以其存在本身维持记忆，它虽然无法讲述，却可以直接宣告，……其对人类事务的见证意义胜过任何编年史。"假如说文件是使记忆官方化，纪念碑则使记忆物质化和情感化，从而个人化。康奈尔的盒子是纪念碑之一种，尽管这种艺术因其狂热与天真而被批评家诟病，但是无可否认，康奈尔盒子也带给人抚慰与温情。朗西埃曾说，"艺术的任务在于展现不可见之物"，而康奈尔盒子的内容物——现成品，或者日常生活用品——它们不自带目光，没有侵略性，却在可见可触中展现了那些不可见不可触的事物——人、爱与记忆。

《记忆记忆》的文体结构别出心裁，恰似一个文字的康奈尔盒子，不同质地、不同形状、不同大小、不同类别，在方寸之地组合成了一个世界。这世界如此微观，却又如此弘深。为了填充盒子，斯捷潘诺娃"劫掠"了几十位作家、诗人、摄影师、画家、艺术家，翻检他们关于记忆、物品、过去与未来的观点，就地没收，写入《记忆记忆》。从本书译者的二百余条注释中，当能领会这个被劫队伍的庞大规模。俄罗斯人引为自豪的白银时代作家群，几乎一网打尽，而还有更多数量的欧美艺术家，奉上自己的精髓。

苏珊·桑塔格可能是被抢得最惨的一位，也是得到回报最多的一位，关于影像问题，斯捷潘诺娃的段落不输桑塔格的《论摄影》和《关于他人的痛苦》。她犀利地指出：昔日根据基督教义，另有一个智慧的全能记忆，能将一切人与物——不管死去还是活着——都捏在自己手心。在那时，"救赎"与"保管"同义。步入世俗社会，记忆的保管类似仓库，博物馆与图书馆保证了象征性的、局限性的不死。到19世纪，随着技术革命的推进，记忆变成了民主实践，而存档变成了公众的大事，摄影术、留声机、电影、家庭录像、自拍杆，每个人都有机会保存一切。日常生活中产生的视觉和言语垃圾越来越多。新的载体技术改变了接受方式，无论故事、履历、还是文本，都不再被视为链条，即在时间中展开的因果相继的一系列事件。这一方面值得高兴，因为在技术时代任何人都不至于不留痕迹地故去，在广袤无垠的存储器空间所有人都能找到一席之地。但另一方面，旧的等级世界恰恰立足于选择性，和选择性一同消失的，还有对好坏善恶的认识本身，剩下的只是大杂烩，其中既有事实，也有被错当成事实的各种观点。

在这部难以言喻的作品的最后，斯捷潘诺娃打开网购的装有冰人夏洛特的包裹，发出如是慨叹："冰人夏洛特，幸存者种群的代表，就像我的亲人——关于他们我所能讲述的越少，他们离我便越亲近。"只有细读她在第375—376页关于"罗曼司（Romance）"的小插话，才能明白，这里的"罗曼司"是作者对"记忆"的爱恋和追求。到了最后，知道适可而止，懂得"忘却意味着开始存在"，这真的很有情商，也真的很哲学。作者用了389页的篇幅才抵达此处，作为读者，我要借用书中的一句话：这本书会让我觉得很长，长得令人幸福。

剑桥往事：天真、八卦与毒舌

奉行自由主义的大不列颠，永远将"自由"供奉在"平等"之前，所以"红眼病"发病率不高，"势利眼"十分常见，"成功人士"走到哪里，都会受人青睐，其结果，是等级梯次井然有序，价值观念相对保守。以剑桥各学院的中心草坪来说，祖制规定，唯有院长和教授方有资格潇洒地斜行穿越，他们目不斜视、趾高气昂、袍子内虎虎生风。因此，当可怜的查尔斯经受严酷的考验——伙伴们把他的帽子扔到三一学院的大草坪上，看他敢不敢走上草坪去把它捡回来——他不免内心挣扎，在学院的"神圣草坪"上行走，几乎是每一个"剑桥孩子"能够犯下的最严重罪行。鼓起勇气，查尔斯走上了草坪，"并没有因此死掉"。事过五十年，查尔斯自己成了剑桥大学基督学院院长、英国物理学会会长、"曼哈顿计划"的英方负责人。若不是他姐姐格温写了一本回忆童年剑桥生活的小书，这个小小的反叛事迹估计永远不为人所知。

格温·拉弗拉（Gwen Raverat，1885—1957），英国著名木刻家、画家、插图家，布鲁姆斯伯里小圈子的活跃成员。她的弟弟查尔斯不过是常青书香门第中的一个"合格产品"，她的爷爷查尔斯·达尔文自不待言，她的父亲是剑桥大学三一学院院士、英国皇家天文学会会长，一个叔叔是剑桥基督学院院士、植物学家，又一个叔叔是英国皇家地理学会主席，还有一个叔叔干脆就是剑桥市市长。不仅如此，格温的外祖母出身于瓷器世家韦奇伍德（Wedgwood），历经三代，通过复杂的联姻，达尔文、韦奇伍德、凯恩斯（Keynes）、康福德（Cornford）、高尔顿（Galton）、塞奇威克（Sedgwick）、沃恩·威廉斯（Vaughn William）等家族形成了一个盘根错节的大氏族，"会长"和"主席"多如雨后的蘑菇，"院士"和"爵士"平凡如下午茶的"死空"，其特权知识精英的氛围甚至被誉为剑桥的一个"现象"。

19 世纪至 20 世纪初期，有将近七十年的光景，英格兰的中产阶级禁锢在一个虚幻又虚伪的大堡垒中，体统方面的条条框框使当时的生活过分复杂。格温写到，定期举办一轮正式晚宴是剑桥的重要活动，客人的座次按外交礼节安排：首先是各学院院长，兼任校长的那位院长居先；其他院长按学院的创建日期依次排列，院长之后是诸位皇家教授，以学科为序，神学居先；然后是其他教授，以其教席的创立日期为序。主人们很难应付那复杂的局面，譬如希伯来文教授和希腊文教授的教席设立于同一年，那么哪一位优先？关键在于，"有些知识显贵对自己的权利非常敏感，他们的夫人甚至更容易被冒犯。"

格温的《碧河彼时》(*Period Piece：The Cambridge Childhood*)出版于1952年，一版再版，是诸多剑桥回忆录中特别耀眼的一本。归根结底，她非但不"势利眼"，且颇为离经叛道——她从少时下定决心："永生永世不做淑女"。熟悉剑桥学术世系的读者，估计会被书中不经意提及的一个个鼎鼎大名闪瞎了双眼，而她调侃地说："我小时候一定见过许多伟人，但是其中大多数人在我眼里索然寡味。"她写尽了剑桥的糗事、轶事、荒唐事，也写尽了自家的趣事、囧事、疯狂事。特别是她的父母和五位叔叔，个性分明、心思单纯，就像是从狄更斯的小说里走出来的人物，令人一见难忘。至于她笔下的自己，胖，暴躁，顽皮，想象力惊人，完全无法忍受宗教、舞蹈课、紧身衣和社交，但是拥有令人击节的"英式幽默"。

最令人赞叹的是,写此书时,格温已经临近生命的终点,但她依然记得自己的"少时心态"。说到底,此书的有趣之处,也在于叙述者的那双"天真之眼"——不世故、不功利、天真懵懂,有时却又锐不可当。当八卦和毒舌包上了天真的糖衣,八卦和毒舌就在"童言无忌"的掩护下获得了"合法性"。喜欢英国文学中讴歌童真一脉的读者,自然是甘之如饴。而喜欢怪阿姨、怪蜀黍、说真话的小丑的读者,糖衣下还藏着炮弹呐。

在书中,女主人公的快乐可能没心没肺,譬如独爱夏季的暴雨:"洪水是我们的一大快乐之源。洪水逼近时,我们每小时到船库的台阶上看一次水位,水位一下降就感到悲伤。"她的恐惧可能小题大做,比如遇见任何一头哪怕最老迈、最温和的母牛,也需把嘴唇死死地抿进去,不是说红色会激怒公牛嘛。她直言不讳:

"穷人总让我害怕。即使善良的穷人也很可怕。"她出人意料,居然送给一位新寡的太太一句"有益的进言":"没关系,你很快也会死的"。她对大人的情事感到不可理解,一次,碰巧看到一位叔叔在背人处亲吻自己的妻子,她恶心得要命,"这位叔叔,一个如此温良、恬静、体面的男子,居然钟爱自己的妻子,而且钟爱到了要在大厅里吻她的程度!"她还有自己犀利的人生观:"从我最早的孩提时代起,我就明白做好人不得好报。做好人只是为好而好,你或许喜欢做,或许不喜欢。那句关于恶人如同青翠的月桂树一般繁茂的诗,是咔哒一下扣动我心扉的最早文本之一。上帝既不善良也不慈悲,充其量他是心不在焉;世界很美好,但也很无情。"

这些让读者时时笑出声来的"小段子",已经超越了剑桥的伟人谱和所有那些循规蹈矩的劳什子,在某种意义上,她是写出了很多人那可爱可叹又无法重来的"人生彼时",如此直率,如此纯真,而且,以如此直截了当的方式。

疯狂与神性

1913年10月,荣格独自一人在一列火车上,突然被一种压倒一切的幻觉镇住了,他看见了一场滔天洪水淹没了北部欧洲,黄色的浊流,漂浮的瓦砾,成千上万的尸身。这一幻觉持续了大约两分钟,荣格又是困惑又是恶心。两周后,相似的幻象在旅程中再度出现,黄色巨浪变成了一片血海。荣格生怕自己面临精神病的威胁,此前一年,他发觉弗洛伊德"有一种精神病",并且"有着十分令人担心的症状",这也是他与弗洛伊德决裂的原因之一。这一年,荣格年近四十,拥有名誉、权力、财富和知识,但是恐惧找上了他,他处于中年危机之中。

(一)

对于幻象,荣格其实并不陌生,在回忆文章《我一生中早年的事件》里，他讲述了一系列重要的梦境、幻象和幻想。譬如三四岁的时候，他做了第一个意味深长的梦：草地上有一个黑色石头砌成的洞，一排石阶一直通下去，穿过一个圆形的拱门，揭开一道绿色幕布，出现了一间石屋，那里有一个金光灿烂的王座，其上一个十分高大的、由皮肉组成、像是树干样的东西，它的顶端有一只眼睛。他怕得全身都僵了，此时又听到母亲的声音："看看它吧，那就是吃人的怪物！"这个梦给荣格留下深刻的心灵烙印，直到多年以后，他才认识到这个形象是宗教祭祀用的阳具，而背景是一座地下庙宇。有趣的是，如果按照弗洛伊德学说，这个梦必然与性欲相联系，但是在荣格这里，他排开力比多，指向更深层、更普遍的东西，也就是"原型"和"集体无意识"。

时至今日，对于荣格与弗洛伊德的恩怨情仇，坊间有种种说辞，2011年根据同名著作改编的电影《危险方法》上映，指出两人之间有个叫萨宾娜·施皮尔赖因的女子，她是荣格的病人兼情人，也是弗洛伊德的密友兼同事。但是，抛开"三角关系"的噱头，归根结底，荣格与弗洛伊德的分歧除了理论方法的、精神心态的，更是世界观的，荣格对神秘主义和通灵学说一直深感兴趣，但是弗洛伊德对此大不以为然。按照荣格的自我陈述，他的一生充斥着幻视、幻听、预感成真和无法解释的灵异事件，从12岁那年夏天被小伙伴推倒从而引发长达数月的"精神官能症"，他在漫长的一生里既"见过"上帝、也"见过"魔鬼、还"见过"白日里的"鬼魂"，特别是1944年心脏病发作之际，他有一次刻骨铭心的"濒死体验"——他的"灵魂"在一千英里的高空中俯瞰地球，这种种体验和震撼是常人所无法理解的。

"洪水－血海"幻觉之后，荣格故意在清醒状态下关闭意识、诱发幻想、允许精神内容自由呈现。在一个黑皮的小笔记本里，他以日期为顺序，记下了一系列幻象、幻想以及思考。三年之内，这种"黑书"记满了六本，与其说它们是荣格的个人日记，更像是荣格将"积极想象"方法用在自己身上的实验记录。从1913年10月到1914年7月，是荣格濒于精神崩溃的时期，与"洪水－血海"相类似的幻觉一共出现了十一次，其他幻觉亦纷至沓来。1914年4月20日，他辞去国际精神分析协会主席的职务；4月30日，他又辞去瑞士苏黎世大学医学院教师的职务。

疯狂与神性　235

当此际，他正在准备报告《无意识在精神病理学上的重要意义》，预备在英国医学学会举办的大会上宣读，而他不断担心，自己很可能在读完论文后疯掉。戏剧化的是，1914年8月1日，他宣读完论文，翻开报纸，发现世界大战爆发了，于是他"明白过来"，自己的十一次幻觉是"预言"性质的，也就是说，它们与外在的真实具有某种对应性。在晚年自传中他解释说："我的职责现在明确了，我得竭力了解发生了什么事以及我自己的体验总的说来与人类的体验到底巧合到什么程度。因此，我的第一个义不容辞的职责就是探究一下我自己的精神的深处。"

（二）

大约从1915年开始，荣格开始把"黑书"上的内容扩展之后转录到"红书"上。此书的拉丁名字是"新书"，因为封皮是红色，所以又叫"红书"。如果说黑书是荣格的私人实验记录，《红书》则是荣格的个人"圣经"。此书古色古香，图文并茂，像中世纪的手抄本那样，将超过400

页的羊皮纸装订为一个大开本，内部打有针孔以方便描线，用矿物颜料作画，以油墨书写，首写字母为花体，还有装饰性的花边和旁注。荣格的一生中有两大"手工作品"，一是以二十余年的时间、一砖一石构筑的波林根塔楼，那是他的石头圣殿，再就是以十六年的时间、一笔一画写成的《红书》，这是他的纸上圣殿。这两大作品类似于一种精神治疗方式，解救了一直有"双重人格"的心理分析大师。同时，塔楼和《红书》也是一种用特殊语言构成的另类宇宙，它们充满象征，不易解读。

举例而言，《红书》第一卷里，当荣格"沉思神的本质"，他遇见了年老的先知以利亚和一位年轻美丽的盲女，跟他们生活在一起的是一条黑色的大蛇。悖谬的是，这个女子叫莎乐美，也就是传说中向希律王要施洗约翰头颅的莎乐美。更荒诞的是，以利亚和莎乐美自开天辟地以来就是夫妻，同时，莎乐美不仅是以利亚的女儿，也是圣母玛利亚的女儿，还是"我"的妹妹。如此一来，"我"惊奇地发现，自己就是基督！荣格说，"走进地狱就是自己成为地狱"，可是这个地狱也太异端了，足以让基督教世界的读者目瞪口呆。好在，荣格给他的弟子们写了一篇《解说》，又在晚年回忆录里旧话重提，对第一卷里形象的象征性进行了解释，使这一卷成了整部《红书》里最易懂的部分。原来，以利亚是聪明的老先知的形象，代表荣格理论中的"自性"，也就是自我实现的终极目标，他象征着逻各斯（智慧）。而莎乐美则是"阿尼玛"，是男性心灵中的女性意向，因为她不明白事物的含义，因此是盲目的，她象征着厄洛斯（情欲）。厄洛斯朝向肉体的活动将走向夏娃，厄洛斯走向精神的活动则走向圣母玛利亚，如果排除肉体和精神的两种极端，第三种可能性则是亲子关系，即以利亚作为父亲、莎乐美作为妹妹，自我是儿子和哥哥。当莎乐美宣布说玛利亚是他们的母亲，这意味着自我就是基督。关于最后一步，荣格语焉不详。但是从以利亚身上，荣格发展出腓力门，即精神导师的形象，也是理想人格的象征。

（三）

荣格一生号称解过八万个梦，可是写在《红书》里的

"梦",留给分析心理学派的后继者一个庞大的迷宫,也给了他们一个"解析"祖师爷的大好机会。荣格在自传中说过:"我追溯我那些内心意象的年头是我一生中最为重要的岁月——一切根本性的东西都在其中确定了。一切都是从那时开始的,后来的细节详情不过是这一材料的补充和详述而已;这材料是从无意识中爆发出来的并在开头时把我完全淹没了。这,便是那可供终生进行研究的'原始素材'"。不知何故,《红书》虽然有数种流传于弟子间的不完整抄本,但是荣格生前并没有将它付梓,一个看过原本的弟子说,此书假若出版,大家可能会认为荣格"完全地精神失常"。荣格自己可能也担心,如果就这样面世,他会"永远离开理性科学世界的战场"。

1961年荣格逝世后,《红书》书稿由家族保存,追随者渴望一睹真容,视其为心理学界的"圣杯"。经过异常漫长的过程,《红书》终于在2009年出版,原色原大,装帧精美,虽然索价高昂,依然数次脱销,并一举登上《纽约时报》畅销书排行榜。荣格自己可能想不到的是,专家们抢购《红书》是为了一睹为快、为了解读天书,而《红书》吸引普通读者的,却是它的文学性和艺术性。

不难发现，荣格笔下的腓力门与尼采著作中的查拉图斯特拉和但丁的维吉尔极为相似。事实上，荣格的确从经典著作中借鉴良多，他从《圣经》里借来先知书的语言，从《神曲》里借来三界游历的结构，从《浮士德》里借来诗剧的体裁，还从《查拉图斯特拉如是说》里借来宣喻体的风格。1922年荣格写有论文《从分析心理学到诗意的艺术作品的关系》，区分了两种类型的著作，第一种是作者意图占据主导地位，第二种则是作品完全占据了作者，后者的例子便是《浮士德》的第二部和《查拉图斯特拉如是说》。在创作过程中，包含着集体无意识的原型意象被激活，而不管是谁以原始意象的形式说话，势必直指人心。即便对于荣格理论了解不深，《红书》里的"黑暗神秘诗剧"依然诱人。

荣格的手绘功夫出乎人们的意料，《红书》的英译本序言作者索努·山达萨尼（Sonu Shamdasani）指出，早在荣格的青年时代，他经常游览巴塞尔的艺术博物馆，尤为喜欢荷尔拜因、勃克林和荷兰画派的作品。作为一个医学院的学生，在他学业的最后时光，他醉心于绘画几乎有一年之久，此时的画作有具象主义风格，技法娴熟。1902到

1903年，荣格在巴黎和伦敦逗留，花大量的时间专注于绘画和参观博物馆。《红书》共有205页绘有图像，十分工细，美轮美奂，图文对照的方式使人联想起威廉·布莱克。荣格画了曼荼罗、面具、红轮、大蛇、蛙、火神、巨树和其他神秘符号，画中的视觉元素来自巴比伦、埃及、印度、各古老文明以及想象的王国，融合变异了柏拉图主义、诺斯替、炼金术、印度教还有基督教的大量意象。荣格本人不承认《红书》是艺术，认为它是象征符号的大集成，但是它的视觉效果实在太好，美国出版商初见书稿即"魂飞魄散"，说它"美得令人无法释手"。

按照荣格的观念，人是无边世界的映像，由于人的语言并不完备，用图像来讲述灵魂是可行之道。"拥有一件事物的图像，我们就拥有了这事物的一半。这世界的图像也就是这世界的一半。"在这种意义上，当今读者捧着这本《红书》，也就拥有了荣格的"一半"。只是，正如书中所说，"留意图像的长老教会我们：疯狂是神性的"，反转过来，这里的"神性"看上去亦是"疯狂"的。自2009年《红书》在多国出版以来，它引起的追捧和争议都是世界性的。中央编译出版社在2012年推出《红书》的手稿本，全彩影印,布面精装。2013年又推出译文本,卷一、卷二根据德文版翻译,《审视》和附录内容译自英文版。两相对照,对于这本天书或可略有心得。

女神的朋友圈：
成就她的有朋友，还有那个物欲横流的世界

　　1924年一个春天的下午，巴黎康朋街31号的客厅。就在三年前，这间客厅还相当朴素，朴素得像一间诊所。坊间盛传，女主人加布里埃尔·香奈儿——密友叫她"可可"的，实则住在加布里耶街另一个漂亮寓所，与那个潇洒多金的英国商人"卡柏男孩"在一起。那里，有米色的地毯，白色的家具，蓝与白的中国瓷器，带有大幅图案的米色墙纸，英国的银器，白色的花朵，还有中国乌木漆面屏风，甚至，还有很多皮面精装的书，美得不成话。但是轻易不请人去，略有金屋藏娇之意。1919年的冬天，"卡柏男孩"车祸身亡，留给香奈儿四万英镑。用这笔钱，她扩充了康朋街的房产，买下西郊的一处别墅，取了个动人的名字叫"绿气息"，再就是，把加布里耶街的风格移植过来，将这间客厅收拾一新。

　　其他倒还罢了，最触目的是那些中国乌木漆面屏风。

富丽堂皇，有填漆螺钿的，有檀木描金的，有百宝镶嵌的。按照中国的士人传统，恐怕烂俗得不太上品，搁在豪富之家尤其是青楼歌馆里比较妥当。可是远渡重洋以后，摆在这混搭风的客厅里，香艳依然香艳，却多了重异域风情，白鸟，山茶，金碧的山，飞翔的仙人，与室内的其他摆设一样，与女主人的举手投足一样，有格调。

跟此处相比，巴黎的其他著名客厅，多少有些黯然失色。巴黎向有沙龙文化传统，富贵有闲的女人，用艺术品装饰了客厅，定期请友人小坐闲叙，顺便为无权无势的文人艺术家打开一道向上爬的阶梯，这种"带你玩－不带你玩"的社会区隔小游戏，上流社会喜欢，资产阶级艳羡。蓬帕杜夫人时代自不必说了，就是启蒙时代，伏尔泰、卢梭等人谁不靠贵妇的提携？一直到19世纪，法国文学里依然活跃着一群年轻人，男青年如于连，渴望走这条裙边捷径，女青年如爱玛，向往在贵族家的舞会中飞上枝头。

然而，世易时移，正如普鲁斯特借《追忆逝水年华》发出感喟：贵族与资产者像是跳着某种奇怪的对舞，进行身份互换和对位，宴会依然衣香鬓影、奢华铺张，但是蓝血的老贵族们已经悄然谢幕，资产者的"新钱"大军反客为主。老牌的沙龙，譬如阿多姆·德·谢维涅伯爵夫人在安茹街的寓所，在"美好年代"里吸引了全巴黎的绅士仕女的，目前已经式微。艾提安·波蒙伯爵夫人的豪华晚宴和化装舞会曾是巴黎最具标志性的社交大事，不对商人阶层开放，此时也纡尊降贵地向康朋街31号发来了请柬。更为戏剧化的是，来自底层的香奈儿很喜欢雇佣贵族为自己服务，俄国女大公波夫洛芙娜为她织花边，英国名媛薇拉·巴特为她公关，而波蒙伯爵本身，为她设计珠宝！

能与香奈儿的客厅相匹敌的，大概只有两家。粗壮得像个男人的美国女人格特鲁德·斯泰因，在花园街27号稳稳当当做着"教母"，她提携过毕加索、马蒂斯、塞尚、布拉克，她正教诲舍伍德·安德森、菲茨杰拉德、庞德和海明威。

另一位出生于美国的、美丽动人的娜塔丽·巴涅小姐，则占据着雅各布街20号，她的座上客名单简直是一份欧洲文坛名人录，普鲁斯特啊、乔伊斯啊、里尔克啊，可圈可点。只不过，格特鲁德的客厅失之于硬朗——先锋派画作遮着脱落的墙皮，娜塔丽的客厅又太过俗艳——杜鲁门·卡波特在40年代评价说"半是教堂，半是妓院"。如此看来，美国人的格调多少有些靠不住，还是香奈儿的这间客厅，把洛可可风、东方情调、前卫时尚兼容并蓄，像个具体而微的法国文化堡垒。

在这间客厅里，堪称女主人毕生密友的，当属米希亚·赛特。严格说来，泰半来到香奈儿这间香巢的——的确很香，1921年香奈儿5号香水上市后，这里就终日飘荡着香风——都是先在伏尔泰路米希亚的客厅里听过她那只蓝色大鹦鹉的尖叫、品尝过波兰管家捧上的甜点。米希亚是波兰钢琴家，比香奈儿年长十一岁，昔日是个大美人，雷诺阿、劳德累克和博纳尔都曾经为她作过肖像画。在雷诺阿的笔下，她酥胸半露、眉目弯弯、一抹朱红的唇色，妩媚极了。据说她激发了普鲁斯特和马拉美的创作灵感，而拉威尔和德彪西因她写下不朽的乐章，考克多和毕加索是她的好友，超现实主义团体受她的资助，大名鼎鼎的俄罗斯芭蕾舞团，更是在她的卵翼之下。如果说巴黎社交圈那复杂纵横的关系可以用图示加以呈现，那么在核心的某处，一定怡然高卧着"巴黎的女王"米希亚。

1917年，米希亚在一次二流宴会上认识了香奈儿，惊为天人。1920年，为了抚平香奈儿失去卡柏的忧伤，米希亚邀请香奈儿参加她自己的蜜月旅行，或者算是女伴，三人行，完全不避嫌疑。在1921年香奈儿寓所的圣诞晚宴上，还是米希亚，请来了三十几位文化名流，包括政客菲利普·贝特洛一家，画家毕加索、布拉克、莫罗，舞蹈家塞尔吉·里法，作曲家斯特拉文斯基，文人保罗·莫朗和诗人皮埃尔·勒韦迪，特别是风头正健的尚·考克多，带来了名噪一时的音乐"六人组"。米希亚宣布："你们全部是可可的客人"。是的，从此之后，他们全都是康朋街31号的客人。不仅如此，他们中的一部分还是香奈儿西郊别墅和未来南法别墅的客人。

实际上，也有不再出现于香奈儿客厅里的老友，比如伊戈尔·斯特拉文斯基。十月革命之后，他随俄罗斯芭蕾舞团流落巴黎，当时已经有太多的流亡白俄，包括沙皇堂弟、德米特里大公那样的俊彦，情形相当落魄。关键时刻，1920年，香奈儿以三十万法郎资助俄罗斯芭蕾舞团重排《春之祭》，她特别把斯特拉文斯基一家接到自己的西郊别墅住下，在那里，斯特拉文斯基写出了巨作《管乐交响曲》。不幸的是，神经质的作曲家似乎爱上了香奈儿，而香奈儿约了德米特里大公驱车去了蒙特卡罗，场面险些失控。失望至极的作曲家从此再也没有见过香奈儿，尽管，他还一直通过米希亚收取香奈儿的资助。

还有人，即将永远离开香奈儿的客厅，比如籍籍无名的诗人皮埃尔·勒韦迪。勒韦迪是毕加索的朋友，与莫迪里阿尼等人同为昔日蒙马特"洗衣舫"的住客。1917年，他在米希亚的资助下，与阿波利奈尔合作编辑了文学刊物《南北》，首开先河，刊出了超现实主义者阿拉贡和布勒东的早期作品。据说勒韦迪对米希亚向有情愫，可是米希亚将他"转让"给了香奈儿。他说过一句名言："上层社会的社交生活犹如一个庞大的抢劫集团，没有尔虞我诈的利益交换就不可能存在。"可想而知，他在这个上层社会的小沙龙里一直不开心，虽然他后来也真的爱上了香奈儿。到1925年，他毅然斩断情丝，遁入修道院，终老于斯。

还有人——朋友们心知肚明——是不会当着大家的面、出现在这间客厅里的。比如英国首富、风流倜傥的威斯敏斯特公爵。前一年，在香奈儿的"公关助理"薇拉的安排下，香奈儿与公爵相识于蒙特卡罗，而就在这个春天，人们看到他们双双出席了《蓝色列车》的彩排。如果有通灵之眼，朋友们当会知道，他们将有十年的情史，借由公爵，香奈儿成了与丘吉尔一起钓鱼打牌、并接受威尔士亲王拜访的名女人。但是英国人的等级观念还是深入骨髓，如卡柏男孩一样，威斯敏斯特公爵在与香奈儿交往期间再婚，一袭白色的婚纱，总是可望而不可即。

还是回到1924年的春天的下午吧，当此际，绿荫细细，香风阵阵，整个巴黎正在为奥运会而兴奋着，最有可能出现在香奈儿的客厅里的，除了米希亚，还有谁呢？答案是：迪亚吉列夫、毕加索、考克多和里法。

香奈儿以《春之祭》赞助人的姿态，进入了俄罗斯芭蕾舞团团长谢尔盖·巴甫罗维奇·迪亚吉列夫的圈子。迪亚吉列夫胖而笨拙，衣着破烂，同时又才华横溢，坚韧不拔。他领导的团队堪称20世纪的"梦之队"：舞蹈家有尼金斯基、帕伏洛娃、尼金斯卡（尼金斯基的妹妹），作曲家包括拉威尔、斯特拉文斯基、德彪西和萨蒂，剧作家有考克多，参加舞台布景与服装设计的则有毕加索和马蒂斯，现在，香奈儿也是其中的一员了。迪亚吉列夫与米希亚私交甚笃，用香奈儿充满暗示的比喻，"亲密无间"，因此，他亦是香奈儿客厅的熟客，熟到可以在演出结束后来这里吃夜宵。

毕加索与俄罗斯芭蕾舞团的关系也颇有渊源，在1916年至1920年，他曾随着芭蕾舞团巡回旅行，不仅为《游行》《三角帽》等剧进行舞台设计，还在1918年迎娶了剧团中的女演员奥尔加·科克洛娃。那时的毕加索，已经离开格特鲁德·斯泰因的庇护，开始了与德国画商坎魏勒的合作。时代风尚是求新求异，布尔乔亚的投资热情使艺术品市场火爆，先锋派的作品卖出了天文数字，艺术家们躬逢其盛，立体主义、超现实主义、达达主义，一个主义接着一个主义，只是，作品虽多，伟大的作品，稀有！毕加索一路披荆斩棘，到20年代中期，成了巴黎最著名的人物，"毕加索所做的一切都是新闻"。他的配有私人司机的豪华轿车，他的白色丝质睡衣，他的比利牛斯牧羊犬，他的由管家戴着白手套上菜的豪华晚宴，与"洗衣舫"时代的三餐不继、潦倒困窘恰成鲜明反差。通过近似于行为艺术的方式，毕加索塑造着自己特立独行的艺术家形象。在1924年，他与妻子奥尔加的关系已经不大妙了，经常坐在楼下的咖啡馆里与友人侃侃而谈，或许，他会驾临康朋街31号？米希亚声称要保护香奈儿，不受毕加索的诱惑。香奈儿则有些责怪米希亚的"多事"。那么他们二人有什么关系吗？不好妄断。

至于考克多，他是《游行》的编剧，也是因为这层关系成了毕加索的朋友。尽管阿波利奈尔等人嘲笑他对毕加索的"攀附"，可是他多才多艺又长袖善舞，前途无量势不可挡。1921年，"屋顶上的牛"酒吧开张，很快成为一个神话般的酒吧和俱乐部，美貌、天赋、名望、鸦片、同性恋，是理解此地的关键词。这个古怪的名字一说是来自考克多的一部音乐闹剧，一说是来自音乐家米尧的同名管乐，总之，由于老板喜好音乐，"屋顶上的牛"也成了大家疯狂"飙"音乐的地方，古典的、实验的、爵士的，皆牛气冲天。它吸引的未来名人包括卡彭铁尔、马雅可夫斯基、埃德蒙·威尔逊、庞德，而阿拉贡、布勒东、毕加索、纪德、克洛岱尔，皆是晚间常客，就连神经衰弱的普鲁斯特，也一直渴望着身体好起来、以便去酒吧里共襄盛举。每天晚上，衣冠楚楚的考克多亲操鼓槌，以酒吧的形象代言人而自居，从此跻身于文坛领袖的行列。

1922年，考克多改编希腊悲剧《安提戈涅》，毕加索负责布景设计，香奈儿负责服装设计，大有三星辉映之势。1925年春天，考克多将进行人生第一次戒毒，香奈儿差不多负担了全部费用，类似的事情以后一再发生。到1928年，他成了可以在香奈儿的私人宅邸过夜的重要客人。

塞尔吉·里法是俄罗斯芭蕾舞团的台柱男星，帅气、健美、一头乌亮的头发、一双漂亮的眼睛，像他饰演的天神阿波罗。都说里法、尼金斯基与迪亚吉列夫有些不清不楚，管他的，香奈儿非常欣赏他，整个芭蕾舞团只有他有特权住在香奈儿的别墅里。在存世的香奈儿照片中，有里法在的，也往往呈现出最亲密的肢体语言。有一张，香奈儿骑在里法的肩膀上，还有一张，他们勾肩搭背看向远方，自然而美，情同姐弟。

如果说巴黎是一场流动的盛筵，那么香奈儿的客厅就是其中的一张豪华餐桌。来这里赴宴的客人，相互之间有情爱关系、有合作关系、有攀附和施惠，也有互憎和相惜，爱情、友谊、才华和资本是支撑着餐桌的四条腿。重要的是，在香奈儿的客厅之外还有千百社交场所，在香奈儿的餐桌之外还有无数的餐桌，香奈儿的客人也会在别的场所出现、在别的餐桌旁就座，创新与风尚正是在流动与碰撞中出现和传播。

举例而言，1921年阔绰的墨菲夫妇从美国来到巴黎，墨菲先生帮助俄罗斯芭蕾舞团做了部分舞台设计。1923年，他们在蔚蓝海岸租下"美国别墅"，呼朋引伴，座上客包括毕加索、斯特拉文斯基、曼·雷（摄影家）、科尔·波特（作曲家）、海明威、菲茨杰拉德和太太泽尔达，他们共度了一个疯狂的夏天。而从"美国别墅"流行开来的水手衫、小麦色肌肤、舞蹈、全新的上流社会度假方式，转了个圈子，即将在1924年春天香奈儿的客厅里完成"经典化"进程。香奈儿、毕加索、考克多、里法和迪亚吉列夫共同参与的"运动芭蕾舞剧"《蓝色列车》，即将在6月上演。

真实的"蓝色列车"开通于1922年，连接着巴黎与蔚蓝海岸，是上流社会人士海滨度假的一时之选。舞台上的《蓝色火车》既没有火车，也没有情节，有的是对上流社会的一丝温和的揶揄。可是，大众看不出来，大众只看见香奈儿女士设计的时髦泳装，看见毕加索的健硕半裸女郎，看见蔚蓝海岸的别墅是个绝佳的投资机会。就像1917年，杜尚把一个男用小便池推向他所蔑视的观众，而观众轰然叫妙，认为自己看见的是生命之泉。艺术革命总是这样，难以免于误解，也容易被资本所利用。《蓝色火车》在戏剧史上匆匆一过，可是盛暑去蔚蓝海岸度假，这个传统的上流社会不能接受的疯狂念头（他们夏天去北方，冬季才去南方），自此成了风尚。

菲茨杰拉德的小说《夜色温柔》里，有一个典型的"时尚女"妮可，有墨菲夫人和泽尔达的影子，书中的一段展示妮可的一次购物，她"买了一些有颜色的珠子，几块沙滩用的折叠垫，几朵人造花，蜂蜜，一张客床，几个提包，好几条围巾，几只鹦鹉，摆在玩具屋的零碎物件，还有三码长的、明虾颜色的新款布料。她买了将近一打的泳衣，一个橡皮鳄鱼，一副象牙镶金的旅行用棋组，送给阿贝的麻纱大手巾，两件爱马仕牌子的羚羊皮夹克，一件是翠鸟蓝色，一件是枫叶红色……"这里只提到一个大牌，就是爱马仕，但是香奈儿也不必懊恼，在临近结尾的时候，妮可穿着停当，最后，"像抹圣水一样，虔诚地以香奈儿16号香水画了个十字。"是啊，在一个购物狂的世界里，怎能没有香奈儿！香奈儿的出现，本来是为了破除传统的胸衣、珠宝、曳地长裙、豪华面料的暴政，但最终，她只是建立了自己的暴政而已，以小黑裙、假珠宝、菱纹包和化学香精的味道。

成全了康朋街31号的，除了社交圈，还有整个物欲横流的世界。从一战结束到1929年华尔街崩盘，一路上扬的股市，外加德国的战争赔款，保证了法国那令人瞠目的奢靡十年。而沙俄倒台后如洪水般涌进巴黎的白俄侨民，华尔街大牛市中挣了大钱进而在欧洲一掷千金的美国豪客，皆加盟于现代主义文化的塑造。到1926年，巴黎有32家剧院、200个各式舞台、644个公共舞厅、2 000家餐厅，还有无以计数的咖啡馆、茶馆、游戏厅和声色场所。火树银花，红男绿女，仅有的忧愁恐怕就是恋爱的烦恼，还有爵士乐带来的那一丝轻微的伤感。宴安鸩毒之中，人们不关心政治，永远也不想关心政治。所以，造反只在艺术之中，革命只在性爱之中，反抗只在时尚之中。

四年以后，在香奈儿的客厅之外，22岁的小文人莫里斯·萨克斯与巴黎最好的裁缝讨论了一个"重要问题"：双排扣上衣应该有四个还是六个扣子。这之后，他在日记中写道："其实我已经玩得很厌倦了……我们这一代年轻人是被引入歧途的。人家教育我们：世界上只有诗歌和造反，兰波、天使和魔鬼。人家让我们在厕所里挂个十字架（超现实主义者这样做），让我们吸食鸦片（考克多这样做），让我们喝酒，写无主题的文章，随便和人做爱，并在这其中找出崇高的东西……奢华让我烦恼，无比烦恼"。转年，黑色星期五,一个浮华的时代，结束了。

代后记：多年爱书已成精

众所周知，书精已经有几千年的历史，并且还将秘密地存活下去。自从有了泥版账簿、莎草纸的亡灵接引手册、竹简上的语录，这种小仙人就一直在书的世界徘徊，有时被那些阴郁的人士描述为"像一个幽灵"，其实必须承认，它们远比幽灵可爱。

关于书精的形体素有争议，因为它们显然有隐形的法术，轻易不愿让人看见。曾有记载说托勒密一世下令建造亚历山大图书馆的时候，一个鸟头形状的小仙在香烟袅袅中现形，凯撒征服亚历山大城之际，又见类似形状的一团云影遁去。中世纪一些异端的学者们相信，书精不止一位，既然无限的天使可以站在一个针尖上，一个图书馆也可以拥有不止一位书精，甚至每位年高德勋的学者都有一位，轻轻坐在他的肩头，泰然自若地捋着胡须。

近一个世纪里，最确切的有关书精的消息，记录在一篇伪装为小说的文献中，名字叫《巴别图书馆》，我的很多同行认为，书精绑架了这篇文献的作者，该作者是位盲人，也是一位图书馆馆长，逝世于1986年。不能算作巧合的是，该作者早在1980年的一部大书中已经以本名获得了一个角色，像是提前进行了某种能量交换或法力转移。自那时起，大约是书精或者书精们有所察觉，三十余年来图书出版充满乱象，而且出版越是繁荣（混乱），有关书精的消息就越是稀少。在我身边的同伴们纷纷停止追踪、在社交网站上安闲下他们的双眼和双手之际，我则日益坚信，1980年那部大书的作者、一位大腹便便的意大利智者最为可疑。他即便不是书精的总头目，至少也是一位六翼书精。

9月2日，水星转进天秤座，9月3日，太阳－冥王星三合，午夜时分，我轻轻揭开绿色烫金的封面，查看这位智者所撰的一部奇书。根据狂人查尔斯·诺迪埃关于"奇书"的定义，"一本完全按照正常书写规则和风格创作，里面有作者的写作意图，而对于读者来说却很难或者根本不可能猜测到这个意图的书。"我相信，意大利智者在此书中透露了其私家图书馆的珍藏——以三万至四万本平淡的一般藏书，掩藏起一千二百册珍本书，正如他用上百部署有他大名的著作来模糊大家视线、不让人们留心他的"这一本",把书藏在书里,正是书精的一贯手法。他显然要留存一些真正关键的信息,对于以往的世界和随后的岁月。呵呵,对于书精捕手而言,这些藏起来的书和为了藏书而收集－书写的书,经常就像赫拉克利特谈论的《德尔斐神谕》,它不会明说,也不会隐瞒,只会提示。

正如我的同伴们一直知道的,某些特别的书籍对于书精有着致命吸引力,它们几乎不可能装作没有查阅或者拥有那类书。果然,我欣慰地看到,这位智者提及了如下著作:

印刷史上最完美的书《寻爱绮梦》

古腾堡的42行《圣经》

有着珍贵的怪物插图的《纽伦堡编年史》

1579年版的《宇宙志》

基歇尔四卷本的《埃及的俄狄浦斯》

221卷的对开本的米尼的《拉丁文教会圣师著作全集》

有着超炫袖珍画的《林迪斯芳福音书》

无与伦比的《贝里公爵的豪华时祷书》

1534年版的波尔多内的《岛屿志》

1595—1609年间诸多版本的库拉斯的《永恒的智慧

剧场》

所有与莎士比亚-培根有关的书籍，新说是无论是莎士比亚的作品还是培根的作品，都是出自佩索阿之手。

另有大量的神秘学书籍，参见这位智者的另一部大书《傅科摆》。

另有大量的狂想型书籍，比如"地球空洞理论"，并可参阅《万有引力之虹》。

另有大量的不知所云的书籍，往往取了很有吸引力的名字，165页提到某位莎赛尼翁先生的四卷本作品：《想象的瀑布、写作欲望的洪流、文学呕吐、百科全书大出血、魔鬼中的魔鬼》（我猜这是一部智者顽皮地发明出来的书）。

等等等等。

可悲的是，书精们与受到它们蛊惑的爱书人，生活在一个疯狂的小世界，他们不仅爱书的内容（所谓"文本"）；也爱书的形式（所谓"内文本"，比如扉页、版权页、引言、献词、前言、后序、勒口、护封等等）；爱文本之前、之后和周围的东西（所谓"类文本"，比如随《魔戒》发行的手办）；还关注那些虽然在书籍之外、又与它直接相关的东西(所谓"外文本",比如新闻报道、作家访谈、书评、研讨会)。因此,一个真正的爱书人是里里外外、上上下下地爱着书,也因此,将不可避免地、九条牛也挽不回地、步入书奴的行列。

危险的是,书精们不仅塑造了爱书狂的命运,书精们也鼓舞了藏书狂的疯狂。摇篮本、初版本、限量本、毛边本、签名本、名人藏本,举凡最早的、最美的、最怪的、最全的、最少的、最贵的、最有故事的,都在他们的围猎视野之内。藏而不读,或者秘本奇珍再不示人,是另外一种"毁书人"。在意大利智者身上,爱书与藏书并不矛盾,他所表现出来的睿智与通达对得起他的数万藏书。可是一般凡夫俗子呢?想到这些,我的心也是碎了。

我说过,真正重要的东西,该智者既不会明说,也不会隐瞒,只会提示。当我以手掠过一个个页码,快速经过几篇繁冗的版本对照和考据文章,我开始体会该智者言及的一个现象(P45—P46):我意识到书上写的东西我已经都知道了。那么他提示的地方在哪里?他的作者意图在哪里?

在第228开始的一篇小文章:《一本电子书的内心独

白》。他以一本 e-book 为叙述者，讲了它的内心感受，"我是一本分裂的书，拥有很多生命、很多灵魂就如同没有任何生命和灵魂""我真的想成为一本纸质书""我想生活在一个平静的世界里，那里好与坏的界限分明，那里我知道如何从痛苦过渡到极乐，那里平行的两条线永远不会相交"。

看到这里，我的嘴角浮上一丝微笑。书精暴露出了他的年龄，他的一副古人心肠。为了奉劝大家"别想摆脱纸质书"，他不惜运用了一个富于文学气息的词汇"植物的记忆"，素淡环保，就像那些珍贵的羊皮纸抄本不是用刚出生的紫羔皮做成的，就像当今出版业对于植物的滥用和浪费不是触目惊心的。值得指出的是，此人姓 ECO，所以这个"植物的记忆"是不是发给毕宿五星的密码，目前还不得而知。

月上中天，书精捕手面临艰难的一刻，是戳破呢戳破呢还是不戳破呢？书精捕手本人的书房已经堆满藏书岌岌可危，居沪上大不易，买五千册书是容易的，买能放下五千册书的书房是不容易的。我想那意大利智者有多处寓所和别墅，分散藏书，乐在其中，怎能体会吾等痛苦之万状——谁不想,搂着实体版《寻爱绮梦》入睡,到最后,还是网上荡捞了几个 PDF 版本。若是能成为一本纸质书,银蓝色的布封、镂银的书名,安稳地蜷缩在巴别图书馆的书架上,就连书精捕手也会投诚的吧?

又及:虽然与我业务无干,还是顺便惠及大众。我们知道,该智者对于《达芬奇密码》有种种不满,此书特别收有一篇《腾斯法密码》,大有可观。

图书在版编目（CIP）数据

多年爱书已成精 / 马凌著. -- 上海：上海文艺出版社, 2023（2024.8重印）

ISBN 978-7-5321-8684-6

Ⅰ.①多… Ⅱ.①马… Ⅲ.①世界文学－文学评论－文集

Ⅳ.①I106-53

中国国家版本馆CIP数据核字(2023)第174048号

发 行 人：毕　胜
责任编辑：李伟长　贺宇轩
封面设计：昆　鸟

书　　名：多年爱书已成精
作　　者：马　凌
出　　版：上海世纪出版集团　上海文艺出版社
地　　址：上海市闵行区号景路159弄A座2楼　201101
发　　行：上海文艺出版社发行中心
　　　　　上海市闵行区号景路159弄A座2楼206室　201101　www.ewen.co
印　　刷：上海中华印刷有限公司
开　　本：787×1092　1/32
印　　张：8.375
插　　页：4
字　　数：127,000
印　　次：2023年10月第1版　2024年8月第2次印刷
Ｉ Ｓ Ｂ Ｎ：978-7-5321-8684-6/I.6837
定　　价：55.00元

告 读 者：如发现本书有质量问题请与印刷厂质量科联系　T: 021-69213456